あやかし姫の良縁

宮野美嘉

小学館

目次

序章

慶長四年　己《つちのと》亥《い》水無月――京の都には鬼がいた――

月明かりに照らされた京の都を、桜子《さくらこ》は歌いながら歩いていた。

歳《とし》は数えで十五。そろそろ嫁入りも考えようかという年頃の少女が、供も連れず一人夜道を闊歩《かっぽ》しているのである。

場所は二階建ての町屋が並ぶ四条の高倉小路。夏の夜の風は生ぬるい。夜も更けた小路に人通りはなかったが、もしも誰かがこの場にいれば、桜子は酷《ひど》く人目を引いただろう。

うっすらと汗をかきながら歩く桜子が身に纏《まと》っているのは、緋色《ひいろ》の袴《はかま》に白い小袖。長い黒髪を後ろで一つに括《くく》っている。巫女《みこ》装束めいたいでたちだ。繊細で整った顔立ちをしているが、鋭すぎる目つきが少女を可憐《かれん》という評価の範疇《はんちゅう》から逸脱させていた。

そこでふと夜風にまじり、耳をつんざく悲鳴が響く。

桜子はぴたりと歌を途切れさせ、素早く声の方を向いた。

「出たな……」

呟《つぶや》き、地面を蹴って走り出す。人の足とは思えないほどの速さで小路を駆け抜け、角を曲がったところでその光景を目の当たりにした。

通りの真ん中で数人の男が腰を抜かしている。格好から見るに、近隣の町人だろう。

そして男たちの目の前には、洛中《らくちゅう》に似つかわしくない一頭の獣がいた。

シギャアアアアア！

奇怪な声を上げて威嚇するのは黒い毛並みの妖獣だ。妖獣はミシミシと音を立てて巨大化し、牛馬をはるかに超える巨軀《きょく》となって再び吠《ほ》えた。

黒く硬そうなまだらの毛に覆われ、背中に熊笹《くまざさ》が生い茂り、口元には刀のような鋭い牙が覗《のぞ》く――その姿は猪《いのしし》によく似ている。そしてその額には、黄金の一本角が生えていた。

妖獣は唸《うな》り声《ごえ》をあげて男たちに突進しようとした。

「待ちな！」

桜子は大音声で怒鳴りつけた。その声を聞き、妖獣は急停止する。そして血走った目で桜子を振り返った。世の理を逸脱した異質な姿を見やり、桜子は目を眇《すが》める。

「お前……猪笹王《いのささおう》だね？」

その問いかけを聞くと、妖獣は桜子に向かって巨大な牙を剝《む》き、黒く禍々《まがまが》しい瘴気《しょうき》を吐き出した。

桜子は一つ深呼吸し、意識の全てを一点に向ける。

「東方千陀羅道・南方千陀羅道・西方千陀羅道・北方千陀羅道・中央千陀羅道」

呪文を唱え、手印を結ぶ。

「ナウマク・サンマンダ・バザラタン・センダ・マカロシャダ・ソワタヤ・ウンタラタ・カンマン！」

続けざまに不動明王真言を唱えて護符を口に咥《くわ》えると、目の前にたちまち破魔の結界が生じ、瘴気はそれに弾《はじ》かれた。

妖獣は激昂《げきこう》し、甲高い鳴き声をあげて突進してきた。すさまじい衝突音と共に結界が破られ、妖獣は桜子を喰《く》わんと巨大な口を開いた。

「東方千陀羅道・南方千陀羅道……」

桜子は再び呪文を唱えかけ、しかしそこで術を放り投げた。

「ああもう長い！」

長い呪文と真言をすっとばし、桜子は思い切り拳を振りかぶると、襲いかかる獣の鼻面を力任せに殴り飛ばした。衝突の瞬間稲光のような火花が散り、妖獣の巨体はすさまじい咆哮《ほうこう》を上げて吹っ飛び、ズウウウンと重い音を立てて地面に倒れた。

桜子はふうと一つ息をつき慎重に近づく。

「猪笹王、大和の山奥に住むお前がどうしてこんなところで暴れている?」

問いかけるが、妖獣は倒れたまま動かない。

「え? ねえ、ちょっと……死んだ?」

桜子は怪訝《けげん》な顔で妖獣の傍《そば》にしゃがみこんだ。

妖獣の額の角が黄金の輝きを失い、ぽろりと取れて地面に落ちた。角は瞬く間に崩れると、何故《なぜ》か黄金の獣毛になって風に散った。

黒い妖獣は、目を剝いたまま息絶えていた。

よく見ればその体は酷く痩せているし、全身に無数の傷がついている。ずいぶんと弱っていたのだろう。その弱った妖怪に、桜子はどうやらとどめを刺してしまったらしい。

「……ふん、弱っちい獣ね」

乱暴に髪をかき上げ、ふいと顔を背けて立ち上がる。

振り返ると、襲われていた男たちは抱き合ってガタガタと震えていた。それは妖獣を恐れてのことか、はたまたそれを殴り飛ばした娘を見てのことか……

桜子はしばしの間、その男たちを眺め、

「お前たち、さっさと家に帰りな。そして今見たものは全て忘れろ。これ以上恐ろしい目に遭いたくないならな」

告げられた男たちはひいっと呻《うめ》いてまた震え上がった。逃げ出すこともできず、怯《おび》え切っている。

するとそこで突然、町家の陰からぞろぞろと黒い影が現れ、桜子に向かって飛び掛かってきた。

「さすがでございますな！　お嬢様！」

「おありがとうございます！　おありがとうございます！」

「我らを脅かしていた獣を一撃で葬るとはお見事！」

「あっぱれな陰陽術！　あっぱれな剛力！」

「桜子お嬢様こそ、天下一の陰陽師でございますな！」

わっと声を上げていっせいに縋《すが》ってくる。

赤子の姿をした芥子坊主《けしぼうず》。少年の姿をした袖引小僧《そでひきこぞう》。女の姿をした石妖《せきよう》。手拭いを被《かぶ》った姥狐《うばぎつね》。太い尻尾の豆狸《まめだぬき》などなど……数えきれないほどの小物妖怪たちだった。

新たな怪異の登場に、男たちはようやく理性をかなぐり捨て、情動のまま泡を吹きながら昏倒《こんとう》した。妖怪たちはそんな人間など気にもせず、桜子に縋ってくる。

「あれほど弱り切った獣を容赦なく殴りつけるとは、なんと冷徹にして強く恐ろしく頼もしいのでありましょう。さすがは我らの桜子お嬢様！」

ほめそやされて、桜子はじろりと彼らを睨《にら》んだ。

「黙れ」

途端、妖怪たちは桜子から離れ、ぴたりと口を噤《つぐ》む。夜の小路が静寂に包まれる。

「先生に与えられた試練に挑んだだけよ。お前たちごとき無力な小物妖怪が、私に近づくんじゃない」

「ははあっ、騒がしゅうしてまっこと申し訳ございませぬ！　どうぞお屋敷に戻ってお休みくだされ！　ささ、我らがお送りいたしますので……」

妖怪たちが健気《けなげ》に申し出るが、桜子は冷たい視線一つで彼らを退《しりぞ》けた。

「いらないわ。お前たちみたいな弱っちい小物どもは、外をうろついてないでさっさと家に帰ってご飯を食べて子供たちを守って寝ているがいい。うかうかと歩き回って、恐ろしいものに襲われても知らないよ！」

怖い顔で怒鳴りつけると、妖怪たちは目を輝かせて桜子を見上げた。

「我らのことをそこまで案じてくださるとは……何とお優しいお嬢様！」

キラキラした目を向けられて、桜子は呆《あき》れたようにため息をついた。

「不用意に懐くんじゃない。陰陽師は妖怪を退治するもの。お前たちのことだって、退治てしまうかもしれないよ」

すると妖怪たちは不思議そうにぱちくりまばたきするのだった。

「お嬢様にならば、我らは喰われても構いませぬ。桜子お嬢様こそはこの京の守り人《もりびと》。神にも魔にも加護されし偉大なるお方のご息女。我らがお慕いするのは日が東より昇ると同じく当然のこと！」

うんうんと頷《うなず》く妖怪の群れを見下ろし、しかし桜子はふんと鼻を鳴らした。

「冗談じゃないわ。お前たちみたいな小物を相手にする気は毛頭ないよ」

ひらり手を振り、ぐっと身をかがめて思い切り跳躍する。二階建ての町家の屋根に飛び乗ると、月を背に妖怪たちを見下ろす。

「これ以上馴《な》れ馴《な》れしくするんじゃない。私に触ると怪我《けが》するよ」

言い残し、桜子は屋根から屋根へと跳躍して、夜の都を駆けて行った。


「うぐぐぐぐ……」

やってしまった……やってしまった……！

大きな寺の屋根にべしゃりと手足をつき、桜子は歯を食いしばって唸っていた。

頭の中には小路に倒れた妖獣の姿がこびりついている。

親とか……子供とか……いたのかな？　いたに違いない。きっと、帰りを待っているに違いない。山の中に残された瓜坊《うりぼう》が、お腹《なか》を空《す》かせて親の帰りを待っているのかも……

「うあああああ……」

喚《わめ》きながら悶《もだ》えていると、

「よくやった、桜子」

夜風の隙間を縫って甘やかな声が掛けられ、桜子は勢いよく顔を上げた。

きょろきょろと宙に目を向けると、夜空に一人の人間がぽっかりと浮かんでいる。

「先生!」

桜子は思わず大声で叫んでいた。

先生——と桜子が呼んだのは、白い狩衣《かりぎぬ》を身に纏った若い男だった。ずいぶんと古い意匠で、奇妙に浮世離れしている。品よく整った顔立ちに、切れ長の目が印象的だ。

先生は階段を下りるように宙を歩き、桜子の隣へ下りてきた。所作が優雅だ。

楽しげに笑いながら、先生は懊悩《おうのう》する桜子を見下ろした。桜子はぎくりとする。

意地悪そうな顔……式占なんて行わなくてもはっきり先が読める。この人はこれから、ぜったいに意地悪を言う!

桜子の予感通り、先生はことさら意地悪そうな笑みを浮かべた。

「見事今宵《こよい》の試練も乗り越えてみせたな。お前は本当に比類なき剛の者よ」

「……ありがとうございます」

「くくく……弱って死にかけた妖怪を、あそこまで情け容赦なく殴り殺すとは、恐ろしい小娘だ」

言葉の刃が桜子の胸をグサッと突き刺す。

「先生……先生は一日一回意地悪を言わないと呪われる病にでも罹《かか》ってるんですか？」

じろりと睨むが、先生の笑みは小動《こゆるぎ》もしない。

「ふふん、そんなに悔いているか。まあ、忘れてしまうことだ、弱った獣を無慈悲に殴り殺したことくらい」

またしてもくくっと笑われ、桜子はたまらず立ち上がった。

「あ、あんなに弱ってると分かってたら殴ったりしませんでした!!」

「ふうん？　そうか？　いいや、お前を鍛えたこの私が予言してやろう。お前は同じように襲われれば、また躊躇《ためら》いなく拳を振るうさ」

断言されて、桜子はうぐっと呻いた。

そんなことはない――と言いたかったが、さっきの今ではとても言えない。

また項垂《うなだ》れた桜子を見下ろし、先生は何とも楽しそうに笑うと、不意に遠くを見た。

「ああ……お前は確かに国士無双の剛力だ。だが……まだまだ甘いな」

その途端、どす黒い瘴気の気配が夜空に広がった。

桜子は反射的に辺りを見回し、ぎょっとする。暗い小路の向こうから、何かが歩いてくる。おどろおどろしい気配を放ちながら歩んでくるのは、見たこともないような妖怪の群れだった。さっきまで桜子に纏わりついてきていた小物たちとは違う。遥《はる》かに強く大きな妖怪たちだ。

「捜せ……砕け……奪い取れ……宝は御土居《おどい》の中にある……殺せ……喰らえ……八つに裂け……鬼は御土居の中におる……」

妖怪たちは暗く静かに悍《おぞ》ましい呪詛《じゅそ》を吐きながら練り歩く。

「……百鬼夜行……」

桜子は呆然《ぼうぜん》と呟いた。妖怪が群れを成して行動することはほとんどない。その稀有《けう》なる行動を、人は百鬼夜行と呼ぶ。百鬼の群れは血走った目を怒りに燃やし、夜の京を歩いているのだった。

「なんであんなものがここに……」

桜子はぎりと歯嚙《はが》みして百鬼夜行を見下ろした。

立て続けに現れるなんて……もしかして、さっきの猪笹王と何か関わりが？

分からないけど、止めないと……あの先にはか弱い小物妖怪たちと、昏倒した男たちがいる！

桜子は再び真言を唱えるために意識を集中しようとした。が、百鬼夜行の先頭に、猪笹王とよく似た小ぶりな妖怪を見つけ、ぴたりと動きを止めてしまった。

本当によく似てる……まさか……子供？

死んでしまった妖獣の顔が頭の中にちらついた。

まずい、集中できない……三密が作れない……！

「やはりまだまだだな、お前は」

慌てる桜子の傍らで、先生はそう言うと刀印で五芒星《ごぼうせい》を描いた。

宙に描かれた五芒星が一瞬輝き、次の瞬間――百鬼の群れは散り散りになってどこかへ逃げてしまった。

「私の弟子の名に恥じぬよう、それなりの力をつけることだ。できないなどとは言うまいな？　容赦も手加減も知らぬ粗暴な娘ではあるが、お前は仮にも由緒ある陰陽師家の、一人娘なのだから」

ふんと鼻で笑われ、桜子は眉間にしわを寄せた。

本当にこの人は……意地悪を言わねば消えてしまう病か何かに違いない。

第一章　幸徳井桜子、柳生友景と縁《えにし》結ばるる語《こと》

この国には、陰陽師というものが存在する。

朝廷に仕え、暦を作り、吉凶を占い、怪異を退ける術者だ。

その中でも、卓抜した力を誇り朝廷の陰陽寮に仕えてきた陰陽師として、名高い家が二つある。

一つは加茂《かも》を祖とする勘解由小路《かでのこうじ》家。

もう一つは安倍《あべ》を祖とする土御門《つちみかど》家。

平安の世から今まで、陰陽寮の頂点に立つ陰陽頭を務める者は、この二つの家から輩出されてきた。

そして桜子は、その名門陰陽師家の娘――では、まったくなかった。

桜子は、安倍家の血を引きながら加茂家へ入り分家した……いささか分かりづらい流れをくむ陰陽師一族、幸徳井《こうとくい》家の一人娘である。

大和の国にわずかな所領を持つ貧乏公家《くげ》で、血縁者もかなり少ない。

現在の当主は桜子の祖父、幸徳井友忠《ともただ》だ。友忠には息子と娘がいるが、息子の友豊《ともとよ》は早々に出家して家を継ぐことを放棄し、娘の雪子《ゆきこ》は結婚もせずにどこの馬の骨とも分からぬ男の子を産んで、とうの昔に死んでいる。

その娘から生まれた子が桜子で、つまり桜子は母のことも父のこともあまり知らぬまま、十四年間育ってきたのである。

生まれた時から不思議な剛力と神通力を持っていた。

触れれば物を壊し、遊べば人を傷つける。この世のものは柔すぎて、人も獣も妖怪も、桜子の遊び相手にはならない。

それなのにどうしてだか、京に巣くう妖怪たちはこぞって桜子に懐くのだ。

桜子が夜歩きするたび、彼らは桜子の子分みたいにぞろぞろと後をついてくる。

そんな彼らを、桜子はいつも突っぱねる。

お前たちなんてどうせ、私の遊び相手にはならないくせに……！

そう思っていた桜子は、一年前の月の大きな夜に先生と出会った。

今日のように夜歩きをしていたら、彼は突然現れて、陰陽術を教えてやろうと言い出したのだ。

あまりに怪しかったので、桜子は問答無用で彼を調伏しようと真言を唱えた。

しかし次の瞬間ひっくり返っていたのは桜子の方で、そのあまりの力に桜子は一撃でひれ伏した。

その夜から、桜子は先生の弟子になったのである。

先生は様々な術を桜子に教え、そして様々な試練を与えた。出会った時から意地悪だったこの人は、共に過ごしているうち意地悪さを増した。

そして一年……桜子はいまだに先生の名前すら知らない。

「近頃京の様子がおかしいな。妖怪たちがずいぶんと殺気立っている。よもや百鬼夜行まで現れるとはな。それに猪笹王も、いったい何があってあんな傷を負っていたのか……」

先生が難しい顔で考え込んでしまったところに、

「先生、どうして先生は、私の先生になってくれたんですか？」

桜子は屋根の上で仁王立ちになり、何の脈絡もなしに切り出した。

今日こそ聞くのだ……平静を装いながらも、桜子は内心ドキドキしていた。

ずっと思っていたことがある。どうして先生は、私の前に現れたのだろう？　どうしてこんなにも親身になって、そして意地悪に、私を鍛えてくれるのだろう？　この人は私の、何なのだろう？　そのことを、今日こそ聞く！

先生は突然の質問に一瞬驚きを見せたものの、すぐににやりと笑った。

「お前は私によく似ている。だから少しばかり、鍛えてやりたいと思っただけさ」

とてつもなく楽しそうで意地悪そうな笑みだ。

似ている……？　桜子は怪訝に眉をひそめた。

「私、先生に似てますか？」

顔立ちも性格も、あまり似ているとは思えないけど……

しかし先生はきっぱりと言う。

「ああ、似ている。お前は私に似て、強く、賢く、美しい」

あまりの自信に桜子は絶句する。先生はそんな桜子に笑みを深める。

「お前と私は同族だ。同じように生まれ、同じように育った。だから私はお前が可愛《かわい》くて、うんと厳しく鍛えてやりたくなるのさ」

そう言われて、桜子はドキッとした。可愛いって……やっぱり……

「……先生、さっき小物妖怪たちに言われました。私は、神にも魔にも加護された偉大な人の娘だって……」

「へえ？　そうかい？」

「はい……先生はたぶん、すごく、すごく、すごい陰陽師ですよね？　性格は意地悪で、性根が腐れ果てているけれど、とても偉大な人ですよね？」

この上なく真剣な顔で問いかける。この一年、ずっと聞こうと思っていたことを、今聞くのだ。

さりげなく添えられた暴言に、先生はくくっと笑い、頷いた。

「そうだね、私を超える陰陽師は今までにいなかったし、この先もいないだろうね」

まったく、天晴《あっぱ》れなほどの自信である。そして彼はこの言葉に恥じぬ力の持ち主なのだ。

そう――まさしく神にも魔にも愛された、偉大な人だ。

「先生……前からずっと思ってたんです。先生はもしかして、私の……」

「だがねえ、桜子」

不意に声の温度が下がり、桜子はひやりとした。

「私ほど陰陽師に相応《ふさわ》しくない者もいないだろう。私ほど人を嫌いこの世に倦《う》む者が、国を守る陰陽師などと……笑い話にしかなるまいよ。己の内を隠し、人の群れの中で人のために生きてきた。本当は、人間など何匹死んだところで心一つ痛みはしないというのにな」

あまりに冷たいその気配。さっきまでとは違う意味で、桜子の鼓動は早鐘を打った。

「お前も分かるだろう？」

問われた瞬間ぎくりとする。桜子の顔色が変わったのを、先生もすぐ気づいたに違いない。また唇が意地悪く弧を描いた。

「自分だけが強すぎて、周りとは違う……お前もそう思っているのだろう？」

桜子は口をへの字にして、むうぅと唸った。

「だって……みんな弱いんだもの……」

先生は可笑《おか》しそうににやっと笑った。

「ふうん？　そんなに弱いかい？」

「……私が本気で遊んだら、みんな壊してしまいます」

最近、弱い人間たちを見ていると妙に落ち着かない気持ちになる。あんまりにも弱くて、ほんの少し触れただけですぐに壊れてしまいそうで……砕けたその肉体を想像するとどうにも落ち着かない。

さっき妖怪に襲われていた男たちを見た時もそうだった。この感覚は何なのだろう？　きっと彼らが弱すぎるから、守ってやらなくてはと心配になるんだわ。きっとそうだ。

「だから私、弱いものには優しくするんです」

桜子はしかつめらしく言う。その証拠に桜子は、いつもいつもか弱い妖怪たちや人間たちを脅し、怯えさせ、冷たく厳しく当たっているのだ。

「だけど……この世のどこかに、私が本気で遊んでも絶対に壊れないモノがいるんじゃないかって……そう思ってもいるんです。そんな人がいたら……それはきっと、神仏が定めた私のただ一人の相手でしょう？」

そこで桜子は一時目を閉じる。

「子供の頃からずっと、そういう人を探してるんです。私が何をしても壊れない、天下一の勇猛果敢な男……そういう男を婿にして、私は幸徳井家を再興するんです」

宣言して目を開けると、先生は可笑しそうに笑いだした。それはいつもの意地悪な笑みと違っていて、心の底から楽しそうだ。

その笑い顔を見ていると、桜子の気持ちは少し落ち着いた。

さっきしようとした質問を、もう一度してみようかな……そう思ったけれど、何となく、この笑顔を消すのが惜しいような気がする。先生が意地悪じゃない時なんて、めったにないのだから。

「桜子、やはり私とお前はよく似ているね。お前だけが私を、私だけがお前を、分かってやれるに違いないよ。だから私はお前が可愛いのさ。さあ、もう遅い。家に帰るがいい。お迎えが来たようだからな」

そう言って、先生はゆらりと陽炎《かげろう》のように姿を揺らした。

「あ！　先生!?」

呼びかけた時にはもう、彼の姿はどこを捜してもなかった。忽然《こつぜん》と消えてしまっている。まるで妖術か陰陽術のようだったが、そうではないことを桜子はよく知っている。あの人はもう、この世に生きていないのだ。彼はもう、とっくの昔に死んでいる霊魂なのだ。

夜な夜な現れて桜子に陰陽術を教える謎の霊……

「はあ……今日も聞きそびれちゃった」

ずっと気になっていることがある……ずっと聞きたかったことがある……それを今、はぐらかされた？　何を聞かれるか分かって、先生は誤魔化したのだろうか？　聞かれるのが嫌だったのだろうか？　だとしたら、やっぱり……

そこで突然、桜子のお腹がぐうと鳴った。

「おなかすいた……」

「桜子」

不意に呼ばれて振り返る。屋根の上を、一匹の猫が音もたてずに走ってくる。

「なんだ……あんたか」

「迎えに来たぞ、桜子」

猫は素早く駆け寄り桜子の肩に飛び乗った。

しっぽが二股に分かれた黒猫。猫が長年生きて妖怪となった猫又だ。

この黒い猫又は、桜子が八つの時に行き倒れているところを助けてやって以来、幸徳井家の屋敷付近に住み着いているのだ。そして桜子が夜に出歩くと、時々心配して迎えに来る。

「下りな。私に触ると怪我するよって、何度言えば分かるの」

「……どうした？　何かあったか？」

猫又は柔らかな体をぐんにゃり曲げて、桜子の顔を覗き込んできた。

「顔が不細工だ。何か悲しいことでもあったのか？」

「不細工は余計だよ」

この猫又には女性に対する礼儀という概念がないのかしらと、桜子は憤慨した。

「別に何もないわ。いつも通り先生が与えた試練に挑んで、暴れてた妖怪を殴り殺しただけ」

「そうか、耳のところ怪我してるぞ」

猫又はそう言って桜子の耳の下をぺろぺろと舐《な》めた。

「ちょっと、やめて。くすぐったい」

桜子は猫又を両手でむんずとつかみ、目の前にぶら下げた。

「あのねえ、あんた私がどういう人間だか分かってないの？　自分が大事なら、馴れ馴れしく近づくのはやめな」

桜子はことさら怖い顔をしてみせた。

この猫又は、いつも全然桜子を恐れず不用意に近づいてくる。その毛並みがあんまりにもふさふさしているものだから、ついつい触りたくなってしまうのだ。だけどうっかり気を抜いて手荒く撫《な》でたりしようものなら、きっと潰してしまうから……

「私がその気になったら、あんたなんか指一本で引き裂いてしまうわよ」

私は怖くて危ない人間なのだから近づくな——と、桜子は示すのだ。

だというのに、猫又はまったくもって平然としていて、毛を逆立てることすらしなかった。

「俺は別に、桜子を怖いとは思わないけどな。お前は可愛いもの」

言われ、桜子は驚いて猫又を落としてしまった。猫又はひらりと優雅に屋根へ降り立つ。

「ふん、お世辞言ったって何も出ないわよ」

桜子はぷいっと背を向け、屋根の上を走りだした。何よ可愛いって……

猫又は桜子の肩に再び飛び乗り、落ちないようにしがみついてくる。

「お世辞じゃないぞ。お前は三国一可愛いぞ」

「いいわよ、もう」

「怒るなよ」

「怒ってない」

「じゃあ照れてるのか」

「うるさいな、しっぽ引き抜いて普通の猫にしてほしいの？」

「しっぽが一本になったところで猫又が普通の猫に戻るわけじゃないけどな」

「分かってるわよ！　もう黙ってな！」

ぷんぷん怒りながら桜子は町屋の屋根を次々と飛び移り、京の都を北上してゆく。綺麗《きれい》な新しい町屋や屋敷がずらりと並び、美しい街並みを作っている。

こんな風に京が再建されたのは、ほんの数年前のことだ。かつての京は戦と飢饉《ききん》に見舞われ、焼け野原と化したという。多くの人が死んだ。多くの怨霊や、魑魅魍魎《ちみもうりょう》が、焦土の都を闊歩した。それを命がけで鎮めてきたのは、京を守る陰陽師たちだった。

けれど今、この都には……

そんなことを考えながら、桜子は御所を越え、一条大路を越え、そこから今度は西へと進む。すると次第に家の数が少なくなってきたので、桜子は屋根から下りた。古い屋敷もいくらか残っている千本通。遠くには京を囲む御土居堀が見える。御土居の内が洛中、外が洛外《らくがい》だ。桜子は千本通を少し歩き、簡素な屋敷へとたどりついた。

戦火を免れ昔ながらの佇《たたず》まいを残す、幸徳井家の屋敷である。桜子が生まれたころはほとんど人の住まない荒れ果てた土地だったと聞くが、そんな中、貧乏公家の幸徳井家は細々と家を守ってきたのだ。

生まれ育ったその屋敷を見て、桜子はふと足を止めた。

「ねえ……妖怪にも親とか子供はいるよね。あんたのお父さんとお母さんはどんな妖怪だったの？　それとも普通の猫だった？」

　ぽつりと聞く。

「…………何でそんなこと聞く？」

　猫又は何故か変な間を空けて聞き返してきた。

「妖怪も、親は子供を可愛がって、子供は親を慕うのかなと思って」

　桜子の頭の中に浮かんでいるのは、さっきの猪笹王の死に顔と、百鬼の群れにいた子供らしき妖怪の姿だ。

「……ああ、妖怪だって、親は子供を可愛がるし、子供は親を慕うよ」

　猫又の声から急に抑揚が消えた。桜子はこの猫又の素性などよく知らないが、もしかしたら……この猫又は親を亡くしているのだろうか？　それとも、子を……？　だとしたら悪いことを聞いてしまったかもしれない……

「まあ、俺は親と疎遠だし、子供もいないからよく分からないけどな」

　あっさり言われて、桜子は一瞬後悔したことを後悔した。肩に乗る猫又のしっぽを一本引っ張る。

「痛いな、やめろよ」

「私はさあ」

　桜子は猫又の文句を押しやり何気なく言ったが、いささか不自然に声が大きくなった。猫又は相槌《あいづち》も打たずに黙り込んだ。

「……私が生まれた時にお母様は死んだよ。私は……お母様を殺して生まれたよ。私は本当に、怖くて危険な生き物なんだ。だから……あんたもう、私に近づくのはやめな。私に近づいたら、あんたも死んじゃうよ」

こいつは弱っちいけど……いい奴《やつ》だから……死なせたいとは思わない。

「私に触れる男なんて、きっとこの世のどこにもいないわ。神仏は、きっと私の相手をこの世に生み出してはくれなかったのよ」

桜子は目を細めて屋敷を見つめる。この家を再興するのだと、桜子はいつも強気に嘯《うそぶ》いている。強い婿をとって、幸徳井の名を天下に轟《とどろ》かせてみせるのだと……だけど、それは無理だろうなと思う自分もいるのだった。自分の相手がこの世のどこかにいることを、桜子は……信じていない。

しばし門の前に佇んでいると、猫又はしゅたんと地面に下り、ぐっと首を上げて桜子を見上げた。闇に紛れる黒い毛並みの中、金色の眼《め》だけが光っている。

「いるよ」

猫又は不意に言った。

「お前がどれだけ乱暴に扱っても……どれだけ力任せに遊んでも……絶対に壊れない男はきっとこの世にいるよ。神仏がお前のために用意したお前だけの男が、きっといるよ」

桜子は一瞬きょとんとしてしまう。

励ましてくれてるの？　……そう分かると、熱いものが込み上げてきて、小さな黒い毛並みを力いっぱいぐしゃぐしゃにしてやりたいような気持ちになる。だけどもちろん、そんなことをしてしまえば非力な猫又はたちまち潰れてしまうから、だから桜子は代わりに胸を反らせた。

「心配ご無用よ！　あんたなんかに保証されなくたって、私は自分で相応しい男を見つけてみせるから」

「そうか、ならよかった」

猫又はこくんと一つ頷いて、夜の道を音もなく歩き出した。

「あのさ！」

桜子がとっさに呼び止めると、猫又は首だけで振り返る。

「あのさ……」

ありがとう、あんたやっぱりいい奴ね――そう続けようとしたが、妙に気恥ずかしくなって言葉が出ない。赤い顔でだらだら汗をかいていると――

「何だ？　お前が百鬼夜行の調伏に失敗したことなんか、言いふらしたりしないぞ」

「は？　失敗なんかしてないわよ。ふざけたこと言うな！」

気恥ずかしさから一転、桜子はくわっと牙を剝く。

「そうか、仮にも陰陽師だもんな」

猫又は淡々と言って頷いたが、桜子は渋面で腰に手を当てた。

「私は陰陽師じゃないよ」

「陰陽師の娘か」

「……違う。あんたたちは知らないだろうけど……今、京の都に陰陽師はいないよ」

「……そうか、そうだったな」

猫又は訳知り顔で相槌を打つと、ふいっと背を向け今度こそ夜道を駆けて行ってしまった。

礼を言いそびれた桜子は、しばしその場でうぐぐと唸っていたが、深々とため息をついて屋敷へと入ることにした。

さほど大きくない屋敷の小ぶりな門扉は固く閉ざされている。桜子は出たとき同様思い切り跳躍して屋敷を囲む塀を乗り越えた。

簡素な庭に降り立ち、こっそり屋敷の中へ入ろうとすると——

「くぉら!!　桜子！　こんな夜更けにどこ行っとったんじゃ！」

すさまじい大音声で怒鳴られ、桜子は庭先で飛び上がった。障子戸が良い音を立てて勢いよく開き、部屋から一人の老爺《ろうや》が出てくる。

幸徳井家の当主にして桜子の祖父、幸徳井友忠だ。年は六十を超えるが、未《いま》だ足腰は強く背筋もしゃんとしていて、厳《いか》めしい顔つきをしている。

「おじい様！　なんでこんな時間に起きてるの！」

桜子は突然のことに心臓をバクバクさせながら聞き返す。

「放蕩《ほうとう》娘がなかなか帰ってこんからじゃろうが！　毎夜毎夜いいかげんにせい！」

「だって！　私は幸徳井家を継ぐ娘だから、ちゃんと陰陽師の修行をしないと……」

「何が陰陽師じゃ！」

友忠はぎょろりと目を見開いて怒鳴った。

「今の京に陰陽師などおらんわ！」

図らずも、それはついさっき桜子が猫又に言った言葉であった。そう――今の京に陰陽師はいない。

「あのクソッタレの太閤《たいこう》め！　わしらを放置して死によって……いっそ化けて出てくれれば調伏してやるものを！」

友忠は腹立たしげに拳で手のひらを殴る仕草をした。

今から数年前の出来事である。時の天下人、太閤豊臣秀吉《とよとみひでよし》によって、陰陽師狩りが行われた。当時の陰陽頭・土御門久脩《ひさなが》が、豊臣秀次《ひでつぐ》の謀反に加担して息子の拾丸《ひろいまる》を呪詛した――との疑いにより、朝廷の陰陽寮そのものが解体され、多くの陰陽師が地方へと流されたのである。陰陽寮の陰陽師だった友忠もその被害を受けて職を失い、隠居生活をしている。表向き、今の京には陰陽師がいないのだ。

陰陽師の行く末を決めるのは次に天下を取った者。しかしこの日ノ本の所有者は、いまだに決まっていない。

「任せて、おじい様。私がこの幸徳井家を再興して、陰陽寮に仕える陰陽師を輩出するから。そのために、相応しい婿を捕まえてみせるわ！」

ぐっと拳を固めた桜子をじろりと見やり、友忠は疑《うたぐ》るような表情になる。

「桜子や、だったらどうしてお前が陰陽術の修行をする必要があるんじゃ。お前が強くなればなるだけ、男は遠ざかっていくじゃろうが」

「それはだって、強く優れた男を捕まえるなら、まずは私が強くならなくちゃ。でないと、その男が強いかどうか見極められないわ。私の夫になれるのは、天下一の男だけでしょう？」

すると、友忠はげんなりしたようなため息をついた。

「桜子よ、お前がそんなことを考える必要はない」

「どうして？　私が考えないで他の誰が……」

「お前に相応しい若者を、このわしが見つけてきてやった。お前はその男を婿に迎えるんじゃ。そやつにこの幸徳井家を任せようと思う」

桜子はその説明に固まった。

今……何て言った……？　婿を見つけてきた？　私の婿になる男を？　勝手に？

「な……何してくれてんだジジィ……」

わなわなと震えながらつぶやく。

「何じゃ、文句があるのか？」

「何勝手なことしてるのよ、おじい様！　私の婿は私がこの目とこの拳で吟味して厳選して決めるはずだったのに！」

「けっ、そんなもん知るかい」

友忠は小指で耳をほじりながら吐き捨てる。それにムカッとして、桜子は友忠の立っている縁側にドカッと上がった。

「私に相応しい男が、そう簡単に見つかるわけないわ！」

「ケツの青い小娘が何言っとんじゃい！　おとなしくわしの決めた男と結婚せい！」

「ふざけんな糞《くそ》ジジィ!!　どうせ私を厄介払いしたいだけなんだろ！」

「誰が糞ジジィじゃ!!」

友忠は桜子の襟首をむんずとつかみ、思いっきり放り投げた。

「ぎゃあああああ！」

宙を舞った桜子は、どぱーんと見事な水しぶきを上げて池に落ちる。

ひとしきり冷水に沈んでもがきつつ水面から顔を出し、水を吐き出す。

「何すんだ耄碌《もうろく》ジジイ！」

「やかましい！　そこで頭を冷やせい！」

そう怒鳴りつけると、友忠はどかどかと足音荒く部屋の奥へと戻っていった。

桜子は水を滴らせて池から上がると、再び縁側に上がる。

主人一家のやり取りを見ていた使用人が、はらはらしながら手拭いを持ってくるが、桜子はそれを退け祖父の後を追った。

友忠は部屋の奥に座して腹立たしげに茶をすすっていた。

桜子は祖父を睨みつけ、ずかずかと近づき、水を滴らせながら祖父の隣に座った。

友忠は何も言わずにずずっと茶をすする。桜子は口をへの字にしてしばしむくれていたが、ぐいぐいと友忠の袖を引っ張った。

「何じゃい」

「……ごめん」

「何じゃ急に」

「おじい様は私のこと厄介者なんて思ってないよ。おじい様は私のこと、この世で一番可愛いんだもんね？」

「当たり前じゃ。お前ほど可愛い阿呆《あほう》なんぞ、六道巡って捜し回ってもおらんわい」

友忠は湯飲みを置いて、桜子の濡《ぬ》れた頭をぐいぐいと撫でた。

桜子はえへへと頬を緩ませて、しかしぐっと表情を引き締める。

おじい様は私のたった一人の家族で、私を大事に大事に育ててくれた人で、私はこの世で一番おじい様が大好きで、一番信頼しているけれど……

「でもね、おじい様。婿は私が自分で決めるから……だからその話は断ってよ」

「ダメじゃ」

友忠は頑《かたく》なにそう言った。こっちがこんなに素直に謝ったのに、全然話を聞いてくれようとしない。元来短気な性質の桜子は、また少しムッとした。

おじい様は分かってないのだ……私が何を心配してるのか……

「男なんてどいつもこいつも弱くて頼りなくて、私の相手にならないんだもの！　そんなのを用意されたって私は結婚なんかしない！」

桜子は身を乗り出して声を荒らげた。

弱い男なんかいらない……そんな男を婿にするなんて御免だ……指一本だって触れられたくない……だってそんなことになったら……

「私……その男を壊してしまうかもしれないよ。そんなことになったら、可哀想《かわいそう》よ」

だって私はお母様を殺したから……おじい様の大事な娘の命を奪って生まれてきたから……弱い人たちにとって自分が危険なんだってこと、私は誰よりも理解していなくちゃいけないのだ。

私の夫になれるのは、私が全力で遊んでも抱きしめても絶対に壊れない……そんな男。だけどそんな男、この世のどこにいるんだろう？

「大丈夫じゃ」

桜子の思考を遮って、友忠は言った。

「安心せい、桜子。わしがお前のために選んだ男じゃ。はねっかえりのお前がいくらじゃれても壊れやせん。奴は強い男じゃ。お前の婿に相応しい」

あまりに強く言い切られ、桜子はくらりとした。

おじい様は何を言っているんだろう？　私がじゃれても壊れない、強い男……？　そんな男、いるはずがない。強い婿を迎えて幸徳井家を再興するなんて言っているけど……そんな言葉、自分が一番信じてない。いるはずがないのだ、そんな男。いるはずがない。絶対にいない。だけど……おじい様の瞳は真っすぐで、嘘《うそ》を吐《つ》いているようには見えない。

考えていると、にわかに緊張してきた。

「……………本当にそんな男がいるの？」

蚊の鳴くような声で聞き返すと、友忠は罠《わな》にかかった獲物を見るような笑みを浮かべた。

「ああ、柳生《やぎゅう》一族を知っておるか？」

「柳生……？」

聞いたことのない名だ。柳生……そんな陰陽師家があったっけ？

「柳生は大和柳生庄《しょう》の領主でな、新陰流を継ぐ武士《もののふ》の一族じゃ」

「もののふ……陰陽師じゃなくて？」

「ああ、お前の婿になるのは当主柳生石舟斎《せきしゅうさい》殿の甥御《おいご》、柳生友景《ともかげ》。大和へ行くたびわしが自ら陰陽術を教えた、わしの弟子でもある」

自分以外におじい様の弟子がいたことに、桜子は少なからず驚いた。自分だけだと思っていたのだ。そのことにかすかな腹立ちを覚えたが……しかし好奇心と期待が勝った。

「柳生友景……強いの？」

「ああ、強い」

その一言に総毛立つ。おじい様がここまで認めるくらい強い男……

「桜子、わしを信じろ。わしがお前に嘘を吐いたことなどないじゃろう？」

そうだ……おじい様は私に嘘なんか吐かない。なら、本当にいるんだわ。私より強い……私が何をしても壊れない……私の婿になる男……柳生友景……！

妙にそわそわして、桜子は身を乗り出した。

「いつ？　私はいつその男に会えるの？」

「正式な婚礼は先になるじゃろうが、近いうちに会わせようと思っとるよ。思う存分力試しをしてやるといい」

「その男に会ったら、思い切りぶん殴ってもいい？」

桜子は目を爛々《らんらん》と輝かせて尋ねる。

「いいとも、そうしてやれ」

興奮する桜子を見て、友忠も嬉《うれ》しそうに笑った。

「さあ、もう寝ろ。早く寝れば早く明日が来る。婿殿に会える日が近づくじゃろう」

「うん、分かったわ、おじい様。おやすみなさい」

桜子は興奮してとても眠れそうになかったが、とりあえずそう言って部屋を飛び出した。

バタバタと廊下を駆け、自分の部屋へ飛び込むとそこに敷いてあった褥《しとね》に倒れこむ。

どうしよう……こんなことが本当にあるんだろうか？　私に婿？　本当に？　突然すぎて全然現実感が湧かない。だけどおじい様が言うのなら……それは本当に違いないのだ。

「嘘！　私本当に結婚するの？」

思わず叫んで褥から飛び起きる。

「嘘！　どうしよう！　殺しちゃったらどうしよう！　でもおじい様は強い男だって言ってたし……おじい様は嘘なんか吐かないって信じてるけど……でも殺しちゃったらどうしよう！」

興奮して、顔が熱くなってくる。ばしばしと褥を叩《たた》きながら叫んでいると、不意に気配を感じて桜子は顔を上げた。

いつの間にか、桜子の使用人たちが心配そうに集まっていた。

使用人たちの先頭にいるのは、大陸風の衣装を身に纏った男女だ。両者とも顔に不思議な刺青《いれずみ》があり、下半身は何故か蛇のような形をしていて絡み合っている。

「どうしたのです？　妾《わらわ》の可愛い桜子よ」

蛇女の方が聞いた。使用人とは思えない高貴な気配を漂わせている。

「わ、私……婿を取るのですって」

「それは喜ばしいことですね。男女の交わりは陰陽の根源にあるものですよ」

「だけど……弱い男だったら殺してしまうわ。私が触って平気な男なんて、本当にいるのかしら……」

また不安になってきて、思わず弱音が出る。

「だって男って……男って……！　本当に弱いんだもの！　すぐ泣くし！　呪いにやられるし！　抱きしめたりしたら、背骨をへし折ってしまうかも！」

「そなたに触れられる男ならここにもいよう、我の可愛い桜子よ」

蛇女と下半身を絡み合わせている蛇男が手を差し伸べながらそう言った。

「そなたは我らの孫娘のようなもの。我はそなたをなでなでしてやりたく思うぞ」

蛇男はその言葉通り桜子の頭を撫でる。彼と絡み合う蛇女も優しく微笑《ほほえ》みながら桜子を撫でる。その周りにいる怪しげな風体の使用人たちも、次々に桜子の頭を撫でた。

桜子はその手を素直に受け入れる。彼らが自分をとても気に入ってくれていることを桜子は疑わない。自分は彼らの特別だろう。だけど……

「……私はあなた方と一つになることはできても、触れ合うことはできないんだわ。私は人間だから……」

いっそ人でなければ、こんなことを考えずに済むのだろうか？

桜子はひとしきり懊悩し――

「よく考えたら、弱い男なら殺してしまう前に殴って追い返せばいいんだわ！」

唐突に閃《ひらめ》いた。

そうよ、私がどんなに危険な生き物か分かれば、弱い男なんて逃げ出すに決まってるもの。殺すまで抱きしめる必要なんかないじゃないの。

うんうんと一人納得し、桜子はようやく肩の力を抜く。途端に眠くなり、ばったりと褥に倒れこむ。

「悩みは失《う》せたのですか？　妾の可愛い桜子よ」

「何とかなりそうな気がしてきた」

「それはよかったな、我の可愛い桜子よ」

蛇女と蛇男は交互に桜子の頭を撫でながら笑う。

「ありがとう……おやすみなさい……」

瞼《まぶた》がとろんと重くなり、桜子はそのまますやすやと眠りに落ちてしまった。


「やれやれ……面倒な娘じゃ」

一人茶をすりながら、友忠はため息をついた。

「だが、そこが可愛いのだろう？　友忠よ」

くくくと笑いながらそう言われ、振り向く。縁側に、白い狩衣の男が立っている。

「あなた様でございましたか」

友忠は居住まいをただした。

「ようやくあれに婿をあてがう決心がついたようだな」

「……聞いておられたのですね、お人が悪い」

文句を言うと、男は意地悪そうに笑った。

「あれは私の弟子だからな」

「教えを頂いていることは感謝しておりますが……あまり鍛えられても……」

友忠は言葉を濁した。

男はその先を悟り、また意地悪く笑う。

「あれが力をつけるのが怖いか？　馬鹿め、考えるだけ無駄だ。お前たちには理解できぬ領域のことよ。桜子を真に理解できるのは私だけなのだからな」

悠然と、かつ威圧的に言われ、友忠は黙り込んだ。それを見て、男の表情は意地悪の色を増した。

「一つ、面白いことを教えてやろう」

面白いこと——その言葉に友忠は眉をひそめる。

「桜子のことだがな、あやつ……私を実の父ではないかと疑っているようだ」

いかにも楽しげに言われ、友忠は啞然《あぜん》とした。次いで厳めしい渋面になる。

「それは……ぞっとしない話ですな」

「いかにも、馬鹿げた話であろう？　私が桜子の父親？　有り得ん」

くっくと笑う笑みに毒が混じる。

「でしょうな。何百年も前に亡くなったあなたがあの子の父であるなど、どう考えても有り得ぬ話です——安倍晴明《せいめい》公」

友忠ははっきりと彼の名を呼んだ。

その名を知らぬ者はいないだろう。かつて平安の世に生き、朝廷に仕え、あらゆる魔を退け天下に名を轟かせた陰陽師の名だ。しかし呼ばれた男——晴明の笑みにはいささか凶暴な不快感が滲《にじ》む。

「その名は肉の体と共に捨てた。今の私はもう、人の世に縛られることのない不羈《ふき》の身よ。誰を生かすも、殺すも、思いのままよ。まっこと下らん人の世を、蹂躙《じゅうりん》するも私の胸一つと知るがいい」

「そのようなことはどうでもいいのです、晴明公。それより桜子の誤解を解いていただきたい。あなたがあの子の父などと……」

「くくく……そうだな。私があれの父とは愉快な思い込みだ。あれは……我が生涯の宿敵の娘だというのにな。忌々しいあの男……何度殺しても殺し足りぬわ」

晴明の瞳に憎悪の色が宿る。

「……あなた様とあの男の因縁は有名でございますからな」

「お前の憎しみは私以上であろう？　友忠よ。お前の娘は何故、あのような男の子供を産んだのだろうなあ？　そんな愚を犯さねば、死なずにすんだだろうに……。お前がいかにあの男を憎んでいるか、想像もつかぬわ。それとも、くくく……生まれた桜子が憎いのか？　だからお前は、あのような怪物を桜子の婿にしようとしているのか？」

「……我が家のことです。あなたには関わりなきこと」


「いかにもいかにも、私の血を引いているとはいえ、ここまで時を経た今となっては赤の他人だ。だがな、他人でも心を痛めずにはおれん。お前のしようとしていることは鬼の所業よ。私の親ですらそのようなことは考えなかった」

　心を痛めていると言いながら、晴明は楽しげに笑っている。対する友忠は、暗い瞳を床に向けている。

「そんなに桜子が憎いか？　それとも……恐ろしいのか？」

　その問いに友忠は答えない。

「愚かな小僧め。せいぜい後悔せぬことだ」

　くくくと笑いながらそう言うと、晴明はひらり袖を翻して姿を消した。

　後にはじっとりとした夏の夜気だけが残った。

第二章　陰陽の剣士、大樹を斬りて吠ゆる語

それから一月が経《た》った。

夏も盛りの文月《ふづき》の上旬、桜子は昼間の都を歩いていた。夜に出歩く時とは違い、ごく普通の小袖姿で、大きな籠を背負っている。

向かったのは三条の万里小路、寺町にほど近い閑静な一角にある町屋だ。

「紅姐《くれないねえ》さん、いる？」

桜子は声をかけながら戸を開けて中に入った。鰻《うなぎ》の寝床めいて奥に長いその家は、入ると細い土間が裏庭まで続いている。

「ねーえーさーん」

もう一度呼びかけると、土間に面した襖《ふすま》が静かに開いた。

「ああ、桜子さん……何の用だい？」

しどけない白の肌小袖姿に、桜子はどきっとした。

二十歳頃の美しい女だ。彼女を見てそう思わない者はいないだろう。しかし、その

美しさ以上に際立つのは、女の持つ色香だった。見ただけで眩暈《めまい》がするほどの強烈な色香を放つ女。

紅——これが女の名だ。本当の名ではないと思う。女はこの界隈《かいわい》で商売をしているのだ。商品は己の体ただ一つ。廓《くるわ》に売られたわけでもなく、陣中に出向いて客を引いているわけでもなく、ただこの町家でひっそりと暮らしながら途切れることなく客が訪れる……そんな不思議な女だ。そして桜子にとっては、姉のように慕わしい友人なのである。

「姐さん、姐さん、さくべい食べに行かない？」

「さくべい？　ああ……今日は七夕だったね」

さくべいは昔から七夕に食べられている揚げ菓子で、桜子にとっては七夕の楽しみなのだ。

紅は声を弾ませる桜子にくすっと笑った。そういう風に微笑むと、女の桜子でも見《み》惚《と》れてしまうほど艶《なま》めかしい。

「いいよ、好きなだけ買ってあげるからいっぱいお食べよ。ちょっと待っといで」

そう言い残し、紅は部屋の奥へと引っ込む。桜子は慌てて玄関の戸を閉めた。不埒《ふらち》な男たちに着替えを覗かせるわけにはいかない。戸を閉めた家の中はほのかな香の匂いがして、桜子はその空気を胸いっぱい吸い込んだ。うっとりととろけるようないい匂い……いつ来てもここは素敵な家だ。

洒落《しゃれ》た模様の障子に、磨かれた柱。奥に見える裏庭は美しく整えられていて品がある。一軒の町屋に大勢が暮らすこともあるこの都で、紅はたった一人この家に住んでいるのだ。何気なく家の中を眺めていると、開いた襖の向こうに男物の着物が置いてあるのが見えた。丁寧に畳んであるそれを見て、桜子はたちまち真っ赤になった。

だ……誰か泊まりに来てたんだわ……

少し待つと、紅は艶《あで》やかな色の小袖に着替えて土間に出てきた。淫靡《いんび》な印象が一変して雅《みやび》なものになっている。それでも、隠しきれない色香が全身から匂い立つのだ。

「綺麗な小袖ね、姐さん。また男の人にもらったの？」

「男はいくらでも貢いでくるからね」

「ふうん……私のもね、新しい小袖なのよ」

「そうかい、よく似合ってるね」

婀娜《あだ》めく流し目が桜子の小袖をなぞる。

少し照れてしまい、桜子は紅の手を引いた。

「行こう、向こうの市にさくべいを売ってる店があったわ」

そう言って家を出ると、手を引きながら歩きだす。しかし少し進んだところで、紅は足を止めた。

「……桜子さん、そっちじゃなくて、向こうの市に行きましょう」

「どうしたの？　姐さん」

「どうして？」

「その方が吉方だと今朝の八卦《はっけ》に出ていたんだよ」

「へえ……姐さんが言うならきっとそうなのね」

桜子は目を丸くして応じた。

桜子が紅と友になったのは、これがきっかけだ。紅が売る商品は己の体一つ——それはつまり、己の体を使って行う易占だ。桜子はかつて京で有名な易者と聞いて、彼女を訪ね、友人になったのである。彼女の八卦は当たる。陰陽術の修行をこなしてきた桜子より遥かに当たる。悔しいとすら思えないほどの圧倒的的中率なのだ。

「私の師は八卦の達人だったからね。さあ、向こうの通りに行きましょう」

商家が軒を連ねる通りを歩いてゆくと、すれ違う人々がみな振り返る。

やっぱり姐さんが美人だから目立つんだわ……

綺麗で、優しくて、賢くて、いい匂いがして……桜子の自慢の友。一緒に歩いていると何となく誇らしいような気持ちがした。しかし、

「桜子さんが可愛いから、みんな振り返るねえ」

紅は突然そんなことを言って笑い出す。桜子はきょとんとし、つられて笑った。

「この小袖、おじい様が買ってくれたの」

だから今日はいつもよりちょっと可愛い柄の小袖だ。髪にもせっせと櫛《くし》を通してきた。とはいえ、もちろん桜子は自分が紅の美しさに遠く及ばないことなど知っている。

そもそも可愛いなんて言うには、私の目って鋭すぎるんだわ……

桜子は指先で眦《まなじり》をぎゅっぎゅと下げる。無論その程度で目つきの鋭さが緩和されるわけもないが……

「桜子さんは、どんな目つきをしてたって可愛いよ」

紅は桜子の心を読んだみたいに言った。

この人はこうやって、いつも桜子を褒めるのだが……しかしいかんせん本人の色香が強烈すぎて、冗談にしか聞こえない。とはいっても、褒められればやはり悪い気はしないのである。桜子は弾んだ気持ちを隠すみたいに、いーっと歯を見せて変な顔をしてみせる。それを見て、紅はまた楽しそうに笑った。そしてふと真顔になる。

「ねえ、桜子さん……近頃京に不穏な空気が漂っていると思わないかい？」

「不穏な空気？」

「妖怪たちの気配さ」

言われて桜子は、いつもまとわりついてくる小物妖怪たちを真っ先に思い出した。

「私の子分たちのことかしら？」

「いいや、そうじゃないね。もっと不穏な妖怪たちだよ。日に日に増えて、夜の京を歩き回ってるのさ。毎晩見かけるけれど……ずいぶんと危険な気配を漂わせているよ。そのうち、人を喰うかもしれないね」

それを聞いて桜子は真顔になる。頭に浮かんだのは無論、あの無残に死んだ猪笹王と、百鬼夜行のことだった。

「私もそれ、見たわ。百鬼夜行……」

あれから一月、桜子は一度も百鬼夜行に遭遇していない。しかし毎晩現れているなんて……もしや、桜子を警戒して近づかないようにしているのだろうか？

「毎晩現れてるなんて知らなかった。人が喰われてしまう前に何とかしなくちゃ」

たとえ公に陰陽師とは言えなくとも、陰陽師の誇りや役割を見失ってはならない。何しろ桜子は、幸徳井家を陰陽師として再興させようとしているのだから。

「先生に相談してみようかしら？」

呟いたところで市についた。雑多に物が積まれた市の中を歩き回り、さくべいを積み上げた店を見つける。店主がにこにこ笑っているのを見ると、桜子の腹は盛大に鳴り出した。

「くださいな」

「いくつだい？」

「全部くださいな」

たちまち店主は仰天した。

「ええと……おつかいかい？」

「そうよ」

こう言っておけば穏便に事が進むことを桜子は知っているのだ。

背負った籠にさくべいの山を積み、お行儀悪く歩きながら食べる。

そんな桜子を見て、紅は嬉しそうに微笑んでいる。

「桜子さんはたくさん食べるねえ」

「だってすぐにお腹が空いちゃうんだもの」

桜子がもぐもぐしながら言ったところで――

「失礼、二条へ行くにはどう行けばいいのだろうか？」

不意に声を掛けられ、振り返ると一人の若者が立っていた。歳は二十代の半ばだろうか、はっとするほど目鼻立ちの整った精悍《せいかん》な若者で、背が高い。旅装束で笠《かさ》を被っているが、その美形に気が付いた辺りの娘たちが頬を赤らめてちらちらとこちらを見ている。

その男を見た瞬間、桜子の心臓はどくんと大きく鳴った。

誰……この人……こんな人、今まで見たことない。この男――強い――！

一目で分かった。対峙《たいじ》しただけで感じた。勝手に指先が震える。暑さのせいだけではない汗が出る。

こわばった表情の桜子に、若者は優しげな微笑みを浮かべてみせた。

「突然驚かせてしまって申し訳ない。私は陰陽師の幸徳井家を訪ねて柳生庄から参った者で、柳生……」

「あなたが柳生友景様ですか？」

桜子は若者の話を遮って爛々と目を輝かせた。

突然名を呼ばれた若者は、怪訝な顔をする。

この男は今たしかに、柳生と名乗った。祖父の友忠が言っていた、桜子の婿になる男――それが目の前のこの男なのだ。友忠は近いうちに会えると言っていたが、それが今日この日だったのだ。

なるほど、紅の八卦はさすがだ。吉方で、桜子は会いたかった男に出会った。

これが私の婿……

「お初にお目にかかります。私は幸徳井友忠の孫娘、桜子と申します」

桜子は名乗り、丁寧に頭を下げた。若者は驚いて目を見張った。

「ああ、あなたが！　これは何という偶然だ……」

「ええ、神仏の導きでしょう。夫婦《めおと》となる私たちを、引き合わせてくれたのです。私の婿となるあなたを、今日までずっと待っていました。ですから……」

桜子は目を細めて微笑み、

「私と戦え、柳生友景」

そう言ってぐっと拳を構えた。

いきなりそんなことを言い出した桜子に、若者はぽかんとする。

「は？　戦えとは……どういう……」

「決まってるでしょう？　あんたが私の夫に相応しいかどうか試してあげるのよ。弱い男なら、今すぐ柳生庄とやらに蹴り返してやるわ」

桜子は拳に力を込める。ばくんばくんと心臓が躍る。

この男は本当に私より強いのか……私が本気で遊んでも壊れない男なのか……私が触れられる男なのか……それを試してやる。

険しい表情で睨みつける桜子を見ていた若者は、ややあって急に笑い出した。

「あはははははは！　いや……申し訳ない。人違いだ。私は柳生新左衛門《しんざえもん》宗矩《むねのり》。あなたの婿になる男の従兄《いとこ》だ。おい、友景」

若者――柳生宗矩は笑いながら後ろを向いた。

そこで初めて桜子は気が付いた。あまりにも存在感がなくて見えていなかったが、宗矩の後ろにはもう一人男が立っていた。十七、八の年若い男で、びっくりするほど印象が薄い。取り立てて美しくも醜くもない顔立ちに、高くも低くもない背。痩せても太ってもいない体付き。後頭部で一つに括った黒髪はぴんぴんはねていて、洒落ているとも言い難い。

「こいつがあなたの婿になる、柳生友景ですよ」

宗矩は後ろにいた男の襟首を摑《つか》んで前に引っ張り出した。覇気のないその表情を目の当たりにして、桜子は啞然とした。そのまま時が止まってしまったかの如く、しばしのあいだ凍りつく。

感情が全力で現状を拒絶し、思考を停止させる。しかし、聞かぬふりはできなかった。宗矩は確かに今――彼を柳生友景だと言ったのだ。つまり……

これが……私の婿……？　嘘……嘘……嘘……こんなの何かの間違いだ……！

だってこの男……全然……強そうに見えないじゃない……！

へなへなとその場に頽《くずお》れてしまいそうだ。

こんな……こんな弱っちそうな男が婿だなんて……！

しかも彼は、桜子を全く見ていなかった。桜子の隣に立っている美女、紅を真っすぐに見つめているのである。いや、見惚れていると言った方がいいだろう。許嫁《いいなずけ》の前で、他の女に、ぽーっと頰を染めて、見惚れているのだ。

「ありえない！　あんたなんかに私の婿が務まるものか！」

桜子はくわっと牙を剝いた。

男──友景はがりがりと頭を搔《か》いてようやく桜子を見た。

「そう言われても困る。俺はお前の祖父、友忠様に呼ばれて来ただけだ」

声にも活力がない。桜子の鼻息一つで吹き飛ぶのではないかというほどだ。

桜子はしばし呆然とし、深々とため息をついた。

「……分かったわ。とりあえず殴るから、構えなさいよ」

「何言ってるんだ？　初対面の相手をいきなり殴るとか……寝ぼけてるのか？」

友景は腕組みして首を傾《かし》げた。

「あんた……話を聞いてなかったの？　柳生友景が私の婿に相応しいかどうか確かめるために、戦えと言ってるのよ」

「ああ、なるほど……断る」

あっさり拒否され、桜子は立ったままつんのめりそうになった。

「あんた、柳生一族の剣士でしょう？　戦いを挑まれて逃げるつもり!?」

桜子がぐっと距離を詰めて睨み上げると、友景は手を軽く上げて首を振った。

「剣術は嫌いなんだ。疲れるだろ？」

隣に立っていた宗矩が苦笑いするが、桜子は笑うどころではなかった。

「だったら、陰陽術が得手だということ？　それでおじい様に気に入られた？」

「いや、陰陽術も嫌いだな。面倒くさいだろ?」

桜子の口元がひくひくと引きつる。

「じゃあ……何が得意だって言うのよ」

その答え如何《いかん》では今すぐ殴って追い返そうと心に決める。

こんな男が、私の婿になり得る男だと? おじい様の嘘吐きいいいいい!

桜子の胸中も知らず、友景は口元に手を当てて真剣に考えこんだ。

「そうだな……寝るのが得意だ。どこでもすぐに眠れるし、地震が起きても起きない。できれば死ぬまでのんびり寝ていたい」

よし、殴ろう。それがお互いのためだ。殺してしまう前に殴って追い返す。むしろ思い切り殴り飛ばして永遠の眠りにつかせてやろうか……

桜子は据わった目でぐっと拳を固めた。

「ああ、そういえば得意な陰陽術が一つだけあった」

彼が急にそう言うので、桜子は固めた拳を振り上げる前に止める。

「何よ、何の術?」

「渋柿を甘くする術だ。美味《うま》いぞ」

「糞ジジィいいいいいいいいい!!」

桜子は怒鳴りながら幸徳井家の屋敷へ駆け込んだ。

自分の部屋で本を読んでいた友忠は、じろりと顔を上げる。

「何じゃい、いきなり」

「よくもあんなどうしようもない男を婿にしようなんて考えてくれたわね！」

「どうしようもないって言い方はないだろ、少しは気を遣えよ」

後ろで言われ、振り返ると庭に友景が立っていた。その後ろには宗矩が。二人とも、屋敷まで走っていった桜子を追いかけてきたらしい。

彼らを見て、友忠はたちまち顔を輝かせた。

「おお！　宗矩殿！　友景！　よく来てくれたな。ささ、上がってくれ」

「上がるんじゃない！　帰れ！」

桜子はぎろりと友景を睨む。

友景はその眼差《まなざ》しを平然と無視して縁側から上がりこむ。

「お久しぶりです、お師匠様」

「うむ、息災であったかな？」

「こいつはいつも変わりませんよ」

快活に笑いながら宗矩も部屋へ上がった。

「ははは！　それは重畳。ささ、茶でも用意させよう。おい！　誰か茶を持ってきてくれ！　お客人だ！」

桜子を無視して、男たちは何やら盛り上がり始めた。

少しすると、部屋の襖が開いて使用人の女が湯飲みののった盆を持ってくる。

「ご主人様、お茶をお持ちしましたわ」

女が湯飲みを配ると、宗矩が目を丸くして声を上げた。

「やあ！　これはどういうことでしょう？　突然湯飲みが現れましたが……これも陰陽術というものですか？」

「ああ、宗矩殿には見えぬであろうが、これは式神というものじゃ。わしらの暮らしを助けてくれておる。これらを知ってしまうと、人の使用人では物足りぬでな」

本当は人間の使用人に給金を払う余裕がないというだけのことなのだが、友忠は綺麗に誤魔化してみせた。

「ほう……何とも面妖で興味深いものですね。ぜひ見てみたいものだが……」

「新左兄《しんざにい》は幽霊を見ないだろう？　だから鬼も妖怪も式神も見えない」

友景が用意された茶をすすりながら言う。

「なるほど、そういうものか」

「そういうものだ」

「いやいや、鬼や妖怪は只人に姿を見せるものも多いでな」

「そういうものですか？」

「そういうものじゃよ」

「あんたら……何をのんきにくつろいでるのよ」

完全に無視されていた桜子は低い声で脅すように口を挟んだ。

男たちが一斉にこちらを見る。

「あんたが婿だなんて認めないと言ってるでしょ。今すぐ故郷《くに》へ帰りなさいよ」

仁王立ちで友景を睨みつける。

「……お前は俺の何が気に入らないんだ？」

友景は胡坐《あぐら》のままぐるっと向きを変えて桜子を見上げた。

「全てが気に入らないわ」

きっぱり言うが、友景は顔色一つ変えなかった。

桜子は更に苛立《いらだ》ち、語気を強めて告げた。

「私に触れたら……あんた死ぬわよ」

夫を死なせるなんて冗談じゃない。こんな弱そうな男とは添い遂げられない。

桜子が危険な生き物であることを、分からせなければならない。けれど――

「俺は死なねえよ」

当たり前のことのように友景は淡々と答えた。

「……あんた……どこから出てくるのよ、その自信」

どこからどう見たって強さのかけらも見えないというのに。

「自信というか……事実だな。死ぬのは嫌いなんだよ、しんどいだろ？　あ、お茶のお代わりください」

最後の一言を部屋の端に控えていた式神の女に向けて言い、湯飲みを差し出す。

式神はにこっと笑って彼の湯飲みに茶を注いだ。

「だから俺はお前に触っても死なねえよ」

友景は熱い茶をふーふーしながらそう締めくくる。

桜子は呆れ果ててしまった。

剣術が嫌いで？　陰陽術が嫌いで？　死ぬのも嫌い？　そんな甘い考えで、私の夫になれるつもりか？

「桜子や、友景はわしが鍛えた男じゃぞ。お前が何と言おうと、友景が幸徳井家の跡継ぎじゃ」

怖い顔で牙を剝く桜子を咎《とが》めるように、友忠が言った。

この嘘吐きジジイめ……桜子は胸中で悪態をついたが、この祖父が決めたら譲らぬ性格であることも知っていた。

桜子はじろりと友景を見下ろし、腹を括った。

「……ああそう、いいわ、分かったわ。あんたを今すぐ故郷に蹴り返すのは勘弁してあげる。その代わり……あんたがどれほどのものか見せてもらおうじゃないの」

いや……違う。彼がどれほどのものか見定めるのではない。桜子がどのような生き物か、この男に見せつけるのだ。

お前が血まみれになって逃げだすまで、この私を見せてやろうじゃないか。


その夜、桜子はいつものように巫女装束で京の町へと繰り出した。

そのあとを、地味な小袖と袴姿で友景がついてくる。

「先生！　先生！」

桜子は通りを歩きながら空に向かって呼びかけた。しかしいつもならすぐに姿を見せてくれる先生が、この日はどうしてだか現れてくれない。

「おかしいわね……風邪でも引いたのかしら？　まあいいわ、これから百鬼夜行を捜しに行くわよ」

易者である紅の話によると、あの百鬼夜行は毎晩現れて人を襲っているという。陰陽師であれば、それを見過ごすことはできまい。

「あんたがどれほどの術者なのか、見せてもらうわ」

そしてお前が妻にしようとしている女を知るがいい。

「ん？　何でだ？」

桜子の意気込みに反して友景の反応は薄かった。

「何でってどういうことよ。人を襲う妖怪がいるのだから、退治するのは当たり前でしょう？　私たちは陰陽師よ」

「それは誰かの依頼なのか？」

「違うけど……」

「なら、妖怪を退治する意味が分からない。妖怪もただ、生きているだけだろ？　それをどうしてわざわざ殺す？」

友景はじいっと桜子の目を見つめてきた。特に眼光が鋭いとか、眼力が強いとか、そういうわけでもないのに、なんだか妙な圧がある。

「殺したりはしないわよ。都から追い出すだけよ。まあ……たまには殺してしまうこともなくはないけれど……」

桜子はうっかり猪笹王を殴り殺してしまったことを思い出し、語尾が怪しく消えた。

「そうか、どっちにしても俺は嫌だ」

「どうして？」

「しんどいからだ」

その答えに桜子は絶句する。

何だこの男は……本当に幸徳井家を継ぐ気があるのか？　まさか、単なる金目当て……？　なわけはないか……幸徳井家は立派な貧乏公家だ。

「しんどいことも、疲れることも、面倒くさいことも、俺はやらない。頑張ることも耐え忍ぶことも好きじゃない。陰陽師家の立派な跡取りなんてものを俺に期待しないでくれ。俺はそんなことのためにここへ来たわけじゃない」

「あんた……自分が何言ってるか分かってるの？　陰陽師家の跡取りにならないんだったら、あんた何のために来たっていうのよ」

「お前の婿になるために決まってる」

意味が分からない……本当に意味が分からない……

この男は本当に、何が目的でこの縁談を受け入れたのだろう？

どう考えたって、幸徳井家の跡継ぎにも私の婿にも、相応しいとは思えない。出会ったばかりの私にだって分かる。なのにどうしておじい様は、彼を迎え入れたのだろう？

「あんた、陰陽術には興味がないってこと？」

「まあね」

友景は間髪を容れずに答えた。即答だった割には曖昧な答えだが、噓ではなかろう。こんな馬鹿げた噓を吐《い》く意味がどこにある？

桜子が呆れ果てていると、通りの陰からひょこひょこと怪しげな影が顔を覗かせた。

「やや、そこにおわすは桜子お嬢様！」

声を弾ませて近寄ってくるのは、いつも桜子に付きまとう小物妖怪たちだった。

「お前たち……無事だったか」

この一か月姿を見せなかったから、あの夜百鬼夜行に喰われてしまったかと心配していたけれど……今夜も随分元気そうだ。きょろきょろと見まわし、しかし一匹姿の見えないものがいるとすぐに気づく。

「猫又は？」

桜子と最も親しくしていたあの妖怪が、彼らの中にいなかった。

「猫又殿ですか？　あのお方は近頃とんと姿を見せぬのですよ」

「まさか……百鬼夜行に喰われた？」

「ああ！　何と哀れな！」

小物妖怪たちは猫又が死んだと決めつけ、寄り集まって嘆く。

「いや、勝手に殺すんじゃないよ」

とはいえ、桜子も心配になった。あんな弱っちい妖怪、百鬼の群れに襲われればひとたまりもないだろう。

全員暗くなってしまったその時、突然友景が小物妖怪たちの前にしゃがんだ。

彼はじーっと妖怪たちを見つめ……見つめ……見つめ……妖怪どもがその視線に怯えて後ずさりし始めたころ、ぽふぽふぽふぽふと順に頭を撫でた。

「な、何やってるのよ」

その行動があまりにも奇妙で、警戒まじりに問いただすと、友景は首を傾げた。

「いや、ちょっと衝動に身を任せてみた」

「何よそれ……こいつらを心配してるってこと？　だったら、百鬼夜行の群れを捜すの、手伝いなさいよ」

「それは断る。俺は、何もしねえよ」

彼はきっぱりとそう言い、立ち上がった。

そしてその言葉がまぎれもなく本気だったことを、桜子はすぐに知る。

友景は――本当に何もしなかった。

陰陽師としてとか、そういう次元ではない。剣士としても、夫としても、人としても、本当に何もしないのだ。

桜子は毎晩彼を連れ出し百鬼夜行の行方を追ったが、現れるのは百鬼夜行と関わりのない妖怪たちばかりだった。どんな妖怪が現れても、友景は陰陽術を使う素振りすら見せなかったし、剣を抜くこともない。

そして昼間は部屋でごろごろごろし、式神の使用人たちが用意してくれたものを食べ、またごろごろし、更にごろごろし、夜は大儀そうに桜子の後をついて歩く。

桜子はそんな友景に己の力を見せつけるよう、悪さをする妖怪を叩きのめした。無論殺さぬよう細心の注意を払ったが、無力な男が小便を垂らして逃げ帰るには十分なほどの脅しだ。だというのに、どういうわけだか友景は桜子の力を見てもまるで怯える様子はなかった。

戦うことも、働くことも、そして怯えることすらしないのだった。

唯一することと言えば、桜子に付きまとう小物妖怪たちを凝視することくらいだ。出会うたびあまりにも凝視するので、小物妖怪たちは友景を警戒すらし始めている。

何が楽しいんだ、このただ飯喰らいめ……と、桜子は日に日に怒りを募らせた。

こんな男を夫にする意味はない。死なせる前に、一発殴って追い返そう——桜子が改めてそう決意するまで数日とかからなかったが、真正面から彼と顔を合わせると、どうにもそれを実行できない。だって彼はあまりにも……あまりにも頼りなくて弱そうで、拳を振り上げられなかったのだ。一発殴ったら死んでしまうかもしれない。猪笹王の時のようなことはできれば避けたい。

しかしおじい様に訴えても、友景は強いの一点張りで、どこがどう強くて桜子の婿に相応しいのかまったく説明してくれないのだ。

桜子は困り果て、腹を立て、この男をどうにか殺さず追い返すことはできないかと悩みながら夜ごと百鬼夜行を追うのだった。


そうして友景が幸徳井家へ来てから、十日が経った夜のこと――

その夜も桜子は、友景を連れて颯爽《さっそう》と京の町を歩いていた。とはいっても、桜子にとって今や友景は許嫁でも同志でもなく、壊さぬように見張りながら引きずり歩いている地蔵のようなものだった。だから彼に話しかけることもなく、黙々と考えながら歩いていた。

やはり近頃、京の様子がおかしい……

桜子が最初に見た異変は猪笹王だ。ずたずたに傷ついて死にかけていた猪笹王……酷く怒って暴れていた。その後現れた百鬼夜行。その頃から、京の妖怪たちの様子が次第に変わってきているのだ。妙に、人を襲うものが増えている。どうも、妖怪たちが攻撃的になっているのだ。何か焦っている？　怒っている？　怯えている？　それにあの百鬼夜行はいったい何なのだろう？　夜の京に、明らかな異変が起きていた。

考えながら歩いていると、突然通りの向こうで旋風が起き、それが砂を巻き上げながら近づいてきた。砂塵《さじん》の渦は桜子の目の前にくると不意にやみ、視界が晴れると鼬《いたち》のような小さな獣が五匹ほど現れた。手足が鎌のように鋭く研がれた鼬のような妖怪──鎌鼬だ。

「お嬢様！　桜子お嬢様！　大変でございます！」

五匹の鎌鼬が慌てて縋ってくる。彼らは桜子にいつも付きまとっている小物妖怪たちの仲間で、京の異変の影響を受けていないと見える。

「何よ、何かあったの？」

「凶悪な獣がいるのです。ああ、恐ろしや……どうか退治てくださいませ」

詰め寄られ、桜子は険しい顔でそれに応じた。

「案内しなさい」

鎌鼬たちは顔を輝かせて再び旋風を作る。桜子はその風を追って西へと走り出した。

走る桜子の後を友景がついてくる。

「あんた、先に帰っていいよ。凶悪な奴がいるみたいだから、あんたみたいな弱っちい奴、喰い殺されるかもしれないわ」

弱い奴を悪鬼から守るのが陰陽師の役目で、桜子は彼を安全に保護してやらねばならなかった。たとえどんなに腹の立つただ飯喰らいだろうと──しかし、

「喰われるのは別に怖くないが……まあ、心配だからついていくよ」

友景は淡々と答えた。その答えは桜子の胸中をふとざわつかせた。

喰われるのが怖くない……？　この男はもしかして、死にたがっているのだろうか？　だから、私の夫になろうなんて……？　この男は何か辛《つら》いことがあって、世を儚《はかな》んでいて、私に殺されたいのかもしれない。

そう思い、突然腹が立った。

いや……何で私があんたなんかの命を背負ってやらなくちゃいけないのよ！

「あんたを連れていく余裕はない！　一人で帰りな！」

そう怒鳴りつけ、桜子は走る速度を上げた。桜子の足についてこられる人間なんていない。ついてこられるのは人外の者だけだ。

桜子はもう振り返りもせず全力疾走し、旋風を追って烏丸小路を一気に南下すると、突き当たりの巨大な御土居堀を軽快に飛び越え洛外へ出る。そしてまた少し南に走ると、そこには屋根も塀も壊れて誰もいなくなった廃寺があった。廃寺の庭には、一本の大きな杉の木が立っている。

「ここでございます、お嬢様」

怯える鎌鼬たちに言われて、桜子は廃寺の庭に足を踏み入れた。鎌鼬たちは身を寄せ合って怯え、それ以上寺に近づこうとしない。

桜子がきょろきょろと辺りを見回しながら杉の木の近くを通った時、突然襟首を後ろから引っ張られた。

ぐえっとなりながら振り返ると、友景が桜子を捕まえていた。

「あんた！　何で来たのよ！」

桜子は怒りながら、違和感を覚えた。この男——何故ここにいる？

桜子の足についてこられる人間などいない。いたとしたら、それは——

「それ以上不用意に近づくな。上だ」

友景は杉の木の上方を指さした。桜子はその指をたどって上を向き、ぎょっとする。

杉の木に、一羽の鳥が縛られていた。

一羽の鳥……鳥？　どう見ても、あんなもの普通の鳥では有り得ない。赤と黒のまだらの翼。玉虫色の嘴《くちばし》に鉤爪《かぎづめ》。牛馬より遥かに巨大な体軀《たいく》。そして額には黄金の角。

異形の怪鳥が、杉の木の上に縄で縛られているのだ。

「あれは……波山《ばさん》？」

伊予国に多く住みつくという妖怪だ。凶暴な性格で、しばしば火を吹くと聞く。そんな妖怪が、何故木の上になど縛られているのだろう？

目を凝らしてみれば、波山は酷く痩せて、全身に傷を負っている。尾羽はもげ、血が滴っている。何よりその瞳には、生気というものがまるで感じられなかった。

以前死なせてしまった猪笹王のことを思い出し、ぞっとする。この怪鳥は——死にかけているのだ。

「誰が……こんなことを……」

桜子はうまく開かない喉で絞り出すように呟いた。誰がどう見ても、これは残忍な所業だろう。この波山は、誰かに殺されようとしているのだ。

「お前！　誰にこんなことされたの！　人を襲って、調伏された？　そうだったとしても、おとなしく山へ帰るなら今すぐ下ろしてあげるわ！」

声を張って問いかける。人を殺《あや》めた人は、人の掟《おきて》で罰せられるだろう。しかし人を殺めた獣は、罰を受ける必要などない。ただ、駆除されるだけのことだ。そして不可侵の領域を守れるのであれば、駆除の必要すらない。故に桜子は、この妖怪の縄をほどき山へ帰してやることに罪悪を感じずともよい。

しかし波山は桜子の声を聞いて目を閉じてしまう。あまりにも弱っていて、もう抵抗する力すら残っていないのだ。ここまで弱って死にかけている妖怪を助けるすべなど桜子は知らない。

「お嬢様、お嬢様……そやつはもう助からないでしょう」

不意にひっそりとそんな声が掛けられて、桜子は振り向いた。廃寺の塀に数羽の雀《すずめ》がとまっていて、桜子にちゅんちゅんと話しかけてくるのだった。入内雀《にゅうないすずめ》と呼ばれる妖怪だった。

「お前たち、この波山を知ってるの？」

「そやつは嵐山に住んでおった妖《あやかし》でございます。我らもよく知っております。三月ほど前から突然様子がおかしくなり、猛《たけ》り狂い、人を襲い始めたのです。そうこうしているうちに行方が分からなくなり、いったいどうしたのかと思っていたら、ここに縛られていたという次第で……。さっきまでは火を吹く元気もありましたが、今はもう……。いったい何が起きているのでしょう？」

ちゅんちゅんと嘆く雀たちを見やり、また波山に目を向ける。

人を襲っていたということは、やはりどこぞの陰陽師にでも退治されてここに縛り付けられたのか……

ともかく、もう助かるとは思えない。せめて、安らかに死ねるよう下ろしてやろう。

「お前たち、この妖怪を下ろせる？」

「ぬぬぬ……非力な我らではとてもとても……」

雀たちは困ったようにちゅんちゅん鳴く。

桜子も困ってしまい、しばし考え込む。

すると、波山の体から滴る血が、突如燃えた。そのどす黒い煙はたちまち瘴気となり、じゅうじゅうと杉の木や廃寺を腐食させ始めた。

まずい！　これは人に被害が及ぶ！

「ああ……お嬢様……やつが苦しんでおりまする……あの気の毒なともがらを、今すぐ楽にしてやってくださいまし」

雀たちはちゅんちゅんと訴えてきた。

桜子はぐっと歯噛みした。仕方がない……どうしようもない……あの怪鳥の息の根を、止めてやらなくては――！

桜子が腹を括ったその時、今まで黙っていた友景が不意に動いた。

彼は波山が縛られた杉の木に歩み寄ると、腰の刀を抜いた。そして両手で握った刀の切っ先を低く下げる。

素人目には構えているのかいないのかよく分からない姿勢だったが、桜子は友景のしようとしていることを察した。

なるほど、剣士の彼なら波山を縛っている縄を斬ることができる。しかし彼の身長ではとてもとても樹上の妖怪まで手が届くまい。雀たちなら彼を上空まで持ち上げられるか？　いや、非力な小雀どもに人を持ち上げられるとは思えない。

桜子が様々に思惑している目の前で、友景は何の説明もなく刀を脇に構えた。

「あんた、ちょっと待ちなさい。今、あんたを上まで届ける方法を考え……」

桜子の言葉を聞きもせず、彼は刀を振りかぶり、斜めに切り下ろした。

杉の巨木が、一瞬震えた。その直後、杉の幹は斜めにずるりと滑り、真っ二つになって廃寺の庭に倒れた。すさまじい地響きが体に伝わる。

「…………は？」

桜子はぽかんとして間の抜けた声を出した。

今、何が起きた？　この男……木を……大の男が二人がかりでようやく腕を回せるくらいの大木を……刀で、斬った……？

いやいや、そんな馬鹿な……そんなことのできる人間がこの世のどこにいるというのよ。だったらこれは見間違い……？　でも……確かに木は倒れている。

混乱する桜子をよそに、友景は倒れた杉の木に歩み寄り、その先に縛られた波山の縄を斬った。縄は解けたが、波山は倒れたまま動こうとしない。そしてその体からは、血と瘴気がとめどなく漏れ出している。

友景は、構うことなく瘴気が吹き出す傷口に手を触れた。大きな手のひらが瘴気でじゅうじゅうと焼ける。

桜子はとっさに止めようと声を上げかけたが、彼があまりにも平然としているので感情のやり場を失った。自分が今何を目の当たりにしているのか……理解できない。

友景は瘴気に手のひらを焼かれても顔色一つ変えず、目を閉じた。

「ア・ビラ・ウン・ケン」

静かに大日如来の真言を唱える。しかし、手印を結んでもいない。

何それ？　まさか、それで神仏の力を得るつもり？　桜子が唖然としたその瞬間、空気が震えた。桜子の全身が粟立《あわだ》つ。

この気配……この感じ……まさか……!?

勢いよく顔を上げる。輝く神気が夜の空から降り注いでくる。それは桜子が幾度も己の身の内に宿した、よく知る神仏のそれだった。

桜子は呆然とその光景を凝視した。

大日如来の気配ではない。感じるのは四つの神気……これは……まさか、四天王——!?　東方守護の持国天、西方守護の広目天、南方守護の増長天、北方守護の多聞天。この護法神は、良く生きる者の寿命を延ばすという。この男……大日如来の真言一つで四天王を呼んだ……!?

真言は、神仏への呼びかけだ。手印を結ぶ身密、真言を唱える口密、瞑想《めいそう》による意密。印、真言、精神、この全てを神仏と同化させることを、三密行という。人は三密を作り、神の力を得るのだ。

しかし普通、一つの真言で多数の神を呼ぶことはありえない。それぞれの神仏にそれぞれの真言があり、印があるのだ。

確かに大日如来の真言は、あらゆる神仏に通じる真言と言われるが……それを唱えたからといって多くの神仏が応えるわけではない。一人の人間が複数の神仏と精神を同化させるなど、ありえないからだ。

しかし事実、目の前には四天王の神気をその身に宿した男の姿がある。それをなしえた極限までの集中——常人とは思えない精神力。

「あんた……何なの？」

桜子は微《かす》かな声で呟いた。心臓があり得ない速さで鼓動している。興奮しているのか、あるいは恐怖故か……自分でも分からない。

友景は神気を宿したまま軽く振り向いた。とても聞こえないような小声を、彼の耳はしっかりと拾ったらしい。

それでも彼の集中は全く途切れていなかった。輝く神気を宿し、彼の瞳も人ならざる輝きを放っていた。

集中すると周りの声が聞こえなくなる——などという話はよく聞くが、修行を積んだ僧侶や陰陽師が集中すると、実はそれと真逆のことが起きる。彼らは真に集中する時、遠くで落ちた針の音すら聞き分けるのだ。

真の集中とは世界と断絶することではない、世界との同化だ。自らを世界に溶け込ませ、周りで起こるありとあらゆることを把握する。それこそが真に集中するということだ。

友景が波山から手を離すと、辺りは再び夜の闇を取り戻した。

呆然とする桜子の目の前で、波山の怪我はすっかり治っていた。吹き出していた瘴気も収まっている。神仏の力で治癒されたのだ。そして何故か、額の角がぽろりと取れて地面に落ちていた。取れた角はたちまち崩れ、黄金の獣毛になる。妙に気になって桜子が手を伸ばすと、獣毛は風に吹かれて消えてしまった。

ふと猪笹王のことを思い出した。あの妖獣が死んだときも、そういえば角が落ちて獣毛になったのだ。何だろう？　偶然にしては一致しすぎている。黄金の毛……彼らの異変に何か関わりがあるのだろうか？

桜子は訝《いぶか》しみつつ波山と友景を見やる。しかし、波山は怪我が治っても動こうとしなかった。暗い眼差しで、ただじっとしている。

「まだ駄目か……」

友景は呟くと、身動き一つしない怪鳥に向かって突然鞘《さや》に納めた刀を振りかぶり、その体を打ち据えた。バアン！　と、すさまじい音がした。桜子はぎょっとして友景の腕を引いた。

「あんた！　何やってるのよ！」

せっかく治癒した妖怪を無意味に打ち据えるなど、正気とは思えない。しかし彼は桜子を無視してまた刀を振りかぶると、鞘ごと怪鳥に叩きつけた。

しかし、波山はぴくりとも動かなかった。

「……これでも反応できないのか……完全に固まっちまったな」

友景はまた刀を振りかぶり、何度も何度も怪鳥を打ち据えた。そのたびにすさまじい音がする。桜子はその異様な光景に、言葉を失いただ立ち尽くすしかなかった。

この男が何をしようとしているのか……理解できない。

そうして何度目か分からない殴打が繰り返されたその瞬間、突如怪鳥が動いた。その瞳に、かすかな生気の光が宿る。

それを見て、友景はにやりと笑った。彼が笑うところを、桜子は初めて見た。何故か、背筋がぞくりとした。

何を……しようとしてるの……？

友景は刀を地面につき、思い切り深く息を吸った。大きく胸を膨らませ――

「ヴォオオオオオオオオオオオオオオオオオオオオオオオオオオン!!」

彼は吠えた。

人のそれとは思えない獣の鳴き声。空が、人が、妖怪が、震えた。驚きに固まった桜子の目の前で、波山はその翼を大きく膨らませた。

ケエエエエエエエエエエエエエエン！

甲高い鳴き声を夜空に響かせ、波山は地面を走り出した。

それを見た友景はすぐに駆けだし、波山の背に飛び乗る。

「待って！」

桜子は思わず叫び、彼らの後を追っていた。全力疾走で追いかける。心臓が痛い。走っているからじゃない。桜子は思い切り跳躍し、友景の後ろに飛び乗った。

「あんた、何……」

言いかけた桜子を振り向きもせず、友景は刀を振りかぶり、一際強く波山を殴りつけた。

「飛べえええええ!!」

夜を震わす大声で怒鳴ったその瞬間、怪鳥もそれに応えた。

ケエエエエエエエエン！

再びけたたましく鳴き、羽ばたく。突風が起こり、巨体が宙に舞い上がった。

夜の大空を巨大な怪鳥が飛んでゆく。

「よし、いい子だ。お前の体はちゃんと生きてる」

友景は波山の背を叩きながら言った。よく見れば、彼は汗だくになっていた。

「……あんた、何したの？」

桜子はばくばくと早鐘を打つ胸を押さえて問いただした。

こんなこと……人間のできることじゃない。この男に獣の耳や尻尾が生えてきたって、きっと驚かない。こいつは……普通の人間じゃない。

「あんた……ほんとに人間？」

するといると友景は何とも言えない表情で振り向いた。

「さあね」

無味乾燥とした返事。誤魔化された……？

「……質問に答えなさいよ、あんた何したの？」

「……体の大きい妖鳥は、長期間飛ばないと体が固まる。だから刺激して励まして飛ばせた。こいつはまだ子供みたいだし、自分より上がいると安心してよく飛ぶ」

友景は少し考えながら答えたが、それでは到底納得できない。

「あの雑な真言の使い方は何なのよ！　手印も結んでなかったわ！　そもそも、あんた陰陽術は嫌いだと言ったじゃないの！」

「嫌いだとは言ったが、できないとは言ってない。それに、手印はいちおう一瞬さっと結んだぞ。まあ問題ないだろ、四天王は気のいい奴らだからな」

神仏を気のいい奴らとかいうな！　桜子はわなわなと震えた。

「なんかあんた……杉の木を切り倒してなかった？　何よあれ」

「何って……一刀両断の……変形？　本当の一刀両断はガッときたのをギャッといなして、ザンッと……頭から体を両断するんだが……」

意味が分からない！

剣術が嫌いで陰陽術が嫌いで戦うのも頑張るのも嫌だと言っていたくせに……

「あんた……本当に何なのよ！」

桜子は空飛ぶ怪鳥の背で叫んだ。びょうびょうと吹く風に、髪がなびく。

「何って……」

「お前の見た通りさ」

突如割って入った声に、桜子と友景は振り向いた。

波山の翼の先端に、狩衣姿の男が立っていた。桜子の先生である死霊だった。

「先生！」

久々に姿を見せた先生に、桜子は驚きの声を上げる。ずっと顔を見せないものだから、もしかしたら成仏したのではと心配していたのだ。

先生はくっくと笑いながら、軽やかに翼を歩いて近づいてきた。

「この男はねえ、桜子……十にも満たない頃に師である柳生石舟斎を倒し、幸徳井友忠の授けた陰陽術を全て会得し、周りから恐れられ、忌み子と呼ばれた憐《あわ》れな小僧さ。天賦の才は過ぎれば怪物と変わりない。それが柳生友景という男の正体だよ」

怪物……!?　桜子は驚きのあまり友景を凝視した。とてもそんな風には見えない。どこからどう見たって何の変哲もないただの男だ。だけど……ただの男があんなことをできるはずはない。

桜子の強い眼差しを無視して、友景は先生をじっと見つめていた。じっと……じっと見つめ続け、不意に首をかしげる。

「あなたは、安倍晴明公ですか？」

「………は!?」

桜子はぽかんとして、うっかり波山の背から滑り落ちそうになる。友景が腕を引っ張ってそれを防ぐ。

この男……何て言った？　安倍晴明公？　安倍晴明って……

「先生！　先生は……わ、私のお父様じゃなかったんですか!?」

桜子はだらだらと汗をかきながら聞いた。ずっと聞こうと思っていたことを、思いもよらない形で問うことになってしまった。

動揺する桜子を見て、先生はこの上なく楽しそうに意地悪そうに……そして愛《いと》おしそうに笑った。

「くくくく……誰がそんなことを言った？　私は確かに安倍家の祖で、お前の遥か遠い祖先でもあるが、父ではないなあ。お前、私をお父様だと思ってたのかい？」

揶揄《やゆ》するように言われ、桜子はしばし放心し、ややあってかーっと顔が真っ赤になった。この一年ずっと悩んでいた自分が馬鹿みたいだ。恨めしげに先生を見上げる。

この人が希代の陰陽師安倍晴明……？　そのこと自体に案外驚きはなかった。先生がすごい陰陽師であることを、桜子はよく知っている。なるほどなあ……と、変に納得してしまう。でもだったら、もっと早く名乗ってほしかった。少なくとも桜子がこの人を父だと期待してしまう前には。

「先生はほんとに……意地悪してないと消滅する呪いでもかかっているんじゃないですか？」

「ははは！　お前は本当に、愚かで賢《さか》しく……愛らしくも無様だ。とてもあの男の娘とは思えないな」

その言葉はまた桜子を驚かせた。

「え？　先生……私のお父様を知ってるんですか？」

「ああ、もちろん知っているとも。お前の父は、私の宿敵だからね」

「は？　え!?」

またしても驚くべきことを言われて、桜子の頭は混乱した。

友景の力とか……先生の正体とか……お父様のこととか……一度に色々なことが分かりすぎて、なんだかもう訳が分からない。

いや、もう……私のお父様って誰なのよ！

頭を抱えてしまった桜子をよそに、晴明は友景を見下ろした。

「小僧……よく私が分かったな、友忠が教えたか？」

「はあ、いや……あなたのように美しく強い死霊が他の誰かとは思えなかったので。まあ……ただの勘です」

「くく……いかれた小僧め」

毒々しい笑みで評す。

「本当にお前は、私の可愛い弟子の婿に相応しい」

「そうですね、俺はそのためだけにここへ来たので」

飄々《ひょうひょう》と答える友景に晴明はまた笑った。そのやり取りを見ていて桜子は次第に腹が立ってきた。

人がここまで悩んでいるというのに、こいつらはどうして呑気《のんき》に笑ってるのよ……どうして誰も、教えてくれない！　おじい様も、式神たちも、親族たちも、みんなみんな！　誰もお父様のことを教えてくれないのはどうして！

「先生」

桜子はジト目で晴明を呼んだ。

「教えてください、私のお父様はどこの誰なんですか？　知っているんでしょ？」

すると晴明は、急に荘厳な気配を纏わせて真剣な表情を浮かべた。月明かりを背にしても、逆光になることなくその顔ははっきり見えた。妙に神仏めいていて、桜子は一瞬息をするのを忘れた。

「桜子」

「……はい」

「お前に新しい試練を授けよう。今都に異変が起きていることは分かっているな？」

「…………はい？」

「不審な死を遂げる妖怪……都を荒らす百鬼の群れ……この異変の原因を突き止め、解決してみせろ」

「……先生、私は今、先生を調伏してやりたくなりました」

本気で尋ねたのにまた意地悪く誤魔化されたと思い、桜子は心底腹が立った。

しかし晴明は悠然と笑い、桜子の脅しになどびくともしなかった。

「桜子よ、誰がお前にそんな口の利き方を許した。よく聞け、この異変は、お前が解決すべきものである」

「？　どういう意味です？」

「解決すれば分かる。この異変は全て繋《つな》がった一つの事象であり、お前こそがこれを解決すべきである。そして、お前がこの異変を無事解決できたあかつきには……お前の父が何者なのか教えよう」

「本当ですか!?」

「ああ、教えよう。これはお前が越えるべき試練の一つである。桜子よ、その小僧と力を合わせて思う存分力を振るい、この異変を鎮めてみせろ」

「……分かりました。約束ですよ？」

桜子が念を押すと、晴明はにやりと笑って袖を翻し、ひらりと妖鳥の背から飛び降りた。その姿をすぐに目で追うが、彼はたちまち消えてしまい、あとには夜の空だけが残った。一瞬の静寂と、風切り音——

「さて……それじゃあ晴明公のお言葉通り、この異変？　とやらを解決するか」

友景がぽつりと呟く。今まで何もしようとしなかった彼が、ここへ来てようやく見せたやる気だった。

「そうね、今日は怪我が治ったばかりの波山の面倒をみなくちゃいけないだろうし……明日からやるわよ。今度こそ、あんたも、一緒にね」

すると友景は振り向き、びっくりした顔を見せた。

「何よ」

「……驚いた。俺と一緒にってのは嫌がるかと思った」

「何でよ、あんた私の許嫁で、私の婿になりにここまで来たんでしょう？　だから一緒に、力を合わせて、やるのよ」

桜子は身を乗り出して言い聞かせるように顔を近づけた。友景は疑るような渋面になる。

「何だ、急に。俺を追い返そうとしていたくせに」

いささか恨めしげな声を出され、桜子は首をかしげた。

「ああ、だって……あんたが本当に強い男だって分かったんだもの。だから私、もうあんたに優しくするのはやめたの」

友景はますます渋い顔になった。

「お前の言うことが分からん。お前は……俺に優しくしてたつもりなのか？」

「当たり前でしょ？　私は人を壊してしまうから……だから弱い生き物には優しくするのよ。人として当たり前のことよ」

この男が怪我する前に追い返すのが、桜子にとっては最大級の優しさだった。自分が恐ろしく危険な生き物だと示し、遠ざけることが……。弱い人間たちにも、弱い妖怪たちにも、桜子はいつだってそうしてきた。だけど――この男は確かに強かった。おじい様の言葉は本当だった。

嘘吐きジジイとか思ってごめん……！　桜子は胸中で祖父に謝る。

「先生はあんたを天賦の才と評したけど、それって、嘘よね」

「嘘？　そういう言われ方をしたのは初めてだ」

友景は少し驚いた顔になる。

「天才とか神の子とか化け物とか怪物とか悪鬼とはよく言われるが……」

自慢なのか自虐なのかよく分からないことを言う。

確かに彼には生まれながらの何かがあるのだろう。けれど、毎日ごろごろ寝ているだけでこれほどのことができるようになるはずはない。それだけのものを得るために、彼は費やしたに違いない。

「あんた……剣術の稽古も陰陽術の修行も、子供の頃から血反吐《ちへど》を吐くほどやってきたね？　そうでなくちゃ、ここまでのものになるわけないもの」

「そりゃあ……何もしないで何かできるようにはならんさ。雛《ひな》だって練習しなけりゃ飛べるようにはならんだろ」

友景はいささか気まずそうに視線を泳がせながら答える。

「じゃあ、剣術や陰陽術が嫌いだってのも、頑張ることが嫌いってのも、全部嘘だったの？」

そうでなければ矛盾しているじゃないか。この男の面倒くさがりが嘘だとは思えないけれど……

「まさか。俺は面倒くさいことが大嫌いだよ。一所懸命に何かを成し遂げるなんて冗談じゃない。だらだらごろごろして、死ぬまで生きていたいだけだ」

「じゃあ何で」

「力がなけりゃ、わんさと降りかかってくる面倒ごとを退けられんだろうが。災難や困難や面倒を退けてだらだらぬくぬくごろごろ生きていくためには、それが一番の近道だったってだけだ。俺の面倒くさがりをなめんな」

「あはっ！　あんた……馬鹿ね」

　桜子は思わず笑った。

「やっぱり私、あんたには優しくしない。あんたは確かに私が触っても壊れない強い男で、おじい様が選んだ私の婿だわ。だから私、あんたにはもう優しくしない」

　そう言って、桜子は友景に両手を差し出した。

「……何だよ」

「……手、繋ごう」

　すると友景はきょとんとし、しばし放心し、なんとも頼りなく狼狽《うろた》えたような顔になった。それを見て、桜子はなにやら頬が熱くなった。

「……何でだよ」

「言ったでしょ、あんたにはもう、優しくしないんだってば。だから手を、繋ぐの。何よ、嫌なの？」

「え、嫌では……ないよ」

　友景はつっかえながら答え、躊躇いがちに手を出した。桜子は出された彼の右手を慎重に両手で握った。

夏なのに……こんなに暑くて汗をかいているのに……その手はひんやりしている。弱い相手には優しくしないといけなくて、だから桜子は人と触れ合ったことがあまりない。桜子に平気で触るのはおじい様くらいだ。

おじい様以外の男の人の手を……初めて握った。怖いような、笑いたくなるような感じがして、心臓が痛いほど大きく鳴っている。

手……おじい様より大きい……何で手のひら、硬いんだろう……？

桜子は彼の手を握る手に力を込めた。普通なら骨がへし折れる強さだったが、友景は何も言わずじっとしている。

「痛くないの？」

「痛いに決まってるだろ」

「あはははは！」

正直な答えにまた笑ってしまう。

すると友景は桜子の手を思い切り力を入れて握り返してきた。

「痛！　いったい！　あはははは！　馬鹿力！　あんた本当に人間？」

あまりにも痛くて可笑しくて、桜子は手を握りあったまま波山の背で笑い転げた。

「さあね」

友景は適当に答えて桜子を引っ張り起こす。

「お前……俺より強い男が現れたらあっさり乗り換えそうだよな」

「失礼ね、あんた私をどれだけ不実な女と思ってるのよ」

桜子は笑いすぎて滲んだ涙をぬぐいながら答えたが、友景はどうにも納得していないような顔だ。いささかふてくされた様子で、ふいっと顔をそむける。それなのに、手を放そうとはしなかった。

「お前は新左兄を気に入ってたろ」

新左というのは、友景の従兄である柳生宗矩のことだ。どうして急に彼の名が出るのか分からなかったが、桜子は彼に会った時のことを思い出した。

「別に気に入ったわけじゃ……」

「一目見て、こいつは強そうだ！　みたいな顔してたろ」

「し、してないわよ……」

何かこう、浮気を詰められているかのようでぎくりとする。

「嘘つけ、お前は強い男にすぐなびくくせに」

「何よ、あんたが私の何を知ってるっていうのよ。だいたいあんただって、紅姐さんに見惚れてたじゃない」

「見惚れてはいない。うっかり見入っただけだ」

「それを見惚れてたっていうんでしょ！」

桜子はムッとして手を振り払おうとしたが、友景は離れかけた桜子の手を引っ張って、ぐっと顔を近づけた。

「あのなあ……新左兄は強いが、陰陽師の修行なんてしてないからな。お前が本気を出したらずたぼろになっちまうからな。お前と手を繋いでも平気な男なんて俺しかいないんだからな。だから俺にしとけ！」

「う……うん」

あまりの勢いに呑《の》まれ、桜子はこくんと頷いた。

友景も納得したように頷き返し、ようやく手を放した。

自分のこと棚に上げて何なのよ……

どうにも納得できない気がしたがそこでふと思い至る。

友景はもう桜子を見ておらず、優雅に空を飛ぶ波山の背を撫でていた。

まさか……まさか……もしかして……想像し、ドキッとする。

桜子は彼の肩をちょいちょい突《つ》つき、耳元に手と口を寄せた。

「あんた、もしかして私に懸想してるの？」

ひそひそ話をする必要があるのかどうかは自分でも疑問だったが、いちおう誰にも聞こえないよう声を潜めた。

自分と彼は出会ってまだ少ししか経っていないが、世の中には一目惚《ひとめぼ》れなるものがあるという。もしや彼は……

　すると友景は驚いた顔で振り向いた。しかしすぐ苦虫を嚙みつぶしたような顔に変わる。

「お前は馬鹿だろ」

　無駄にドキドキしていた桜子は、あっさり否定されてうぐっと呻いた。

「わ……分かってるわよ。あんたはおじい様に頼まれて婿に来たんでしょ。分かってるわよ！」

　照れ隠しに怒鳴ると、友景は更に表情を歪《ゆが》めた。

「お前は……本当に馬鹿だ」

　また言われ、桜子はカッとなる。

「うるさいな！　分かってるったら！」

「怒るなよ」

「怒ってない！」

「じゃあ照れてるのか」

「照れてない！」

　桜子は完全にふてくされてそっぽを向いた。

　すると、友景が急にまた手を握ってきた。びっくりして、喉の奥でひゃっと小さく

叫んだ桜子を引っ張り、

「ここ、怪我してるぞ」

そう言うと、友景はその手をべろっと舐めた。

「ぎゃあっ!! なっなっなっ何っ!?」

動転して手を引っ込めると、友景は一瞬しまったという顔をした。

「悪い、間違えた。人間はやらないことだったな……」

小さく呟く友景を真っ赤な顔で見やり、桜子はまた聞いた。

「何よそれ……やっぱりあんた……人間じゃないんじゃない？」

「……さあね」

友景は顔を背けてぽつりと言う。二人とも黙ってしまうと聞こえるのは風の音だけだ。非常に気まずい。

「……おじい様が心配するから、早く帰りましょうよ」

桜子は気まずさを払うように言った。

「ああ、お師匠様はいつもお前を心配してるもんな」

分かったようなことを言われ、桜子はちょっとムッとした。

「……あのねえ、おじい様の一番弟子は私だから。あんたじゃないから」

「何だよ、急に」

「おじい様に一番可愛がられてるのは私だから。あんたじゃないから。だいたい、何であんたおじい様に名前似てるのよ」

今更ながら、桜子はそんなことが気になった。すると友景は、ああと頷いた。

「俺が元服する時、お師匠様が自分の名前から友の字をくれたからだよ」

「………は？」

おそらく出会ってから今までで一番どすの利いた声が出た。

こいつ……今なんて言った……？　おじい様から名前をもらった……だと？

「私……あんたの名前は絶対一生呼んでやらない」

「何でだよ」

友景は呆れたように言ったが、桜子は答えもせずにぷいっとそっぽを向いた。

完全にへそを曲げてしまった桜子と、呆れる友景を乗せて波山は夜を飛んで行く。

幸徳井家の屋敷が近づいたところで、桜子の腹が訴えるようにぐうぐうと鳴った。

ああ……おなかすいた……

それから少し後のこと——

夜も更けた幸徳井家の庭の隅に、大きな妖鳥が丸まって眠っている。

友景は波山が眠ったことを確かめると、縁側から屋敷の中へと入った。

桜子は休むと言って部屋に戻ったから、もう眠っているだろう。

計画が狂ってしまったな……と、廊下を歩きながら考える。

力を見せるつもりではなかった。何もできない振りをしている方がこの先有利だったただろう。桜子に警戒されてしまっては、後々支障が出かねない。しかし……波山を放っておくことはできなかった。

まあ、そのせいで支障が出たとしても、計画を変更することはない。

自分はいずれ……彼女を裏切るのだ。

そこで友景は近くの部屋から聞こえてきた話し声に足を止めた。

「あなたたちにも見せたかったわ。あいつ、いったい何なのだろう？　あんなの普通の人間にできることじゃないもの。ねえ、あいつは本当に人間なのかしら？　あなたたちはどう思う？」

興奮したその声は桜子のものだった。そこは彼女の部屋で、少し障子が開いていた。

こんな夜更けにいったい誰と話しているのかと訝り、友景は障子の隙間から中を覗いた。そしてそこにある光景に凍り付く。

まばたきも呼吸も忘れ、友景はそれに見入った。

褥に座り込んで山盛りの干し桃をもぐもぐやっている桜子の周りに、大勢の者が寄り集まり、優しい眼差しで話を聞いている。

あれは……人間じゃない。式神……でもない。あれはそんなものではない。それよりもっと……もっともっと次元を遥かに超越する恐ろしい者たちだ。

彼らの中央にいる男女が桜子の頭を代わる代わる撫でている。

「良い許嫁がやってきてよかったですねえ、妾の可愛い桜子よ」

「そなたを受け止められるほどの男か見極めてやろうぞ、我の可愛い桜子よ」

優しく告げるその男女は、下半身が蛇の姿で二人絡み合っている。あれは……

「じょか……」

喉の奥から音にならない声が零《こぼ》れたその時、不意に肩を叩かれた。振り返ると、桜子の祖父である友忠がそこに立っていた。ここまで近づかれても気づかないなどということはそうそうないことで、自分が意識を奪われていたのだと分かる。

友忠は小さく手招きしてついてくるよう合図した。

友景はそれに従い部屋の前を離れる。

「恐ろしいじゃろう？」

ずいぶん離れたところで友忠は言った。

「……蛇の下半身を絡み合わせた異国の男女……あれはまさか……大陸に伝わる古い神話の神……女媧《じょか》と……伏羲《ふくぎ》……ですか？」

人間を創造したと言われる女媧と、八卦を生み出したという伏羲。大陸の古き夫婦神。それが今、同じ屋根の下にいる。この超現実を突き付けられて、友景はしかし落ち着いていた。

「一目でよく分かったな」

「……まあ、勘ですが」

その答えに友忠は苦笑いする。

昔から、しゃべるとよく笑われたり怒られたり驚かれたりする。しかし友景には自分の何がそうさせたのか大抵分からない。今もそうだ。

「女媧と伏羲だけではないぞ、その周りにもいただろう？ 吉祥天に弁才天、宇迦之《うかの》御魂神《みたまのかみ》まで……とんだ神仏習合よ。あれらはみな、桜子の使用人の真似《まね》事をしておるのだ」

「……巫山戯《ふざけ》た話ですね」

「ああ、巫山戯た話じゃ」

「彼女を加護しているのですか？」

「……いいや、加護ではない、見張っておるのよ。あれの母親が……雪子があの悍ましい男の子をなしたことを、神仏は許しておらん。我が娘が産んだのは、神すら恐れるほどの怪物よ。この日ノ本を、滅ぼしかねん化け物よ。勘のいいお前さんなら、出会ってすぐにそれが分かったじゃろう？」

「……まあ、そうですね」

「怯えてはおるまいな？」

「怯えてはいませんが……」

「友景、お前さんをここへ呼んだ理由は分かっておるな？」

「分かっていますよ。計画はやりとげます、必ず」

淡々と答えた友景に、友忠は静謐《せいひつ》な瞳を向ける。

「わしを残酷と思うか？」

「……さあ、俺に人間のそういう機微は分かりません」

すると友忠は一瞬きょとんとし、可笑しそうにくっくと笑い出した。

何が可笑しかったのだろうか……

「お前さんに来てもらえてよかった。……わしが桜子にしようとしておることは鬼の所業よ。それでもお前さんを見ていると、わしは迷うことなく残虐になれるわ」

「……お師匠様」

「なんじゃ？」

「あなたは桜子を哀れだとは思わないのですか？」

軽く首をかしげて問うた友景に、友忠は一拍おいて侮蔑的な眼差しを注いだ。酷く馬鹿げた問いを発した愚者を見るような目だ。

「哀れだと？　下らんな。あれを哀れだと思ったことなど一度もないわ。まっこと下らん」

冷たく言い捨て、友忠は廊下を歩きだした。言葉はもう何もなく、話は終わったとばかりに夜陰へ消えた。

一人になった友景は一つ嘆息し、何気なく自分の手のひらを見下ろした。

自分はいずれ彼女を裏切る。それは初めから分かっていた……出会った時から定められていたことなのだ。

第三章　あやかしの姫、死にて調伏されし語

翌朝目を覚ました桜子が屋敷の縁側に出ると、見慣れぬ光景が広がっていた。

いつもは殺風景な庭に、派手な色の巨大な妖鳥の姿がある。

昨日助けた波山だ。庭の真ん中に座り込んで丸くなっている。日の下で見ると夜より遥かに鮮やかだった。

その波山の翼を、友景が藁《わら》の束子《たわし》でせっせと手入れしている。

桜子は縁側に腰かけてその様子を眺めた。友景は桜子に気付いているだろうに、振り向きもしない。

おはようくらい言いなさいよ、この面倒くさがりめ。

桜子は頬杖《ほおづえ》をついて口をへの字にした。

それにしても友景は、昨日までの彼と同一人物とは思えないほど生き生きと楽しそうに妖鳥の世話を焼いている。

日がな一日ごろごろしていたあの男は成仏でもしたのかと桜子は訝った。

「おはよう、景《かげ》」

桜子が頬杖をついたままそう呼びかけると、友景は怪訝な顔で振り返った。

「カゲ？」

「友景の景」

「変な呼び方するなよ」

「あんたの名前は一生呼んでやらないって言ったでしょ」

おじい様からもらったとかいう友の字なんか絶対呼んでやるものか。

「……まあ好きにしろ」

そう言って、友景はまた波山の羽を磨き始めた。

「この子、まだ子供って言ってたわよね、親とかいるのかしら？」

桜子の言葉に反応したわけではないだろうが、波山は急に動いて友景の腹に頭を擦り付けた。甘えているように見える。

「波山は孵化《ふか》したらすぐ親元を離れるからな……いたとしても交流はないだろうな」

「ふーん……寂しくないのかしら」

「……お前はあれだな、家族の絆《きずな》みたいなやつを……ずいぶん信じてるんだな」

そこで初めて友景は桜子の方を向いた。一瞬馬鹿にされたのかと思ったが、彼の顔に侮蔑の色は浮かんでおらず、どちらかというと空虚な気配をにじませていた。

「絆ってよく分からないけど……私がどんなに悪い子でもダメな子でも、おじい様は私のこと好きだと思うわ」

桜子は少し考えてそう答えた。それだけは、小さい頃から一度も疑ったことがなかった。桜子には父と母がいない。けれど、もし傍にいたとしたら父と母も桜子をきっと好きだろう。何より大事に可愛がってくれるに違いない。

そういうことを当たり前に信じるのはおかしなことだろうか？

一瞬、先生を父だと思い込んでいた恥ずかしさを思い出してしまうが、どうにかそれを頭の奥へ押しやって話を続ける。

「あんたは違うの？」

すると友景は一瞬凍った。そのまま数拍固まり、ふいと目を逸《そ》らした。

「……俺の父さんと母さんも俺を可愛がってくれたよ。優しい人たちだった」

その答えに桜子はぎくりとした。優しい人たち……だった？

もしかして、他界……してるのかな……？

「柳生のお父様とお母様は亡くなったの？」

一瞬迷った末、率直に尋ねる。だって許嫁だし。舅《しゅうと》と姑《しゅうとめ》のことだし。知っている方がいいだろう。

頭の中でいくつもの弔辞を思い浮かべていると、

「いや、普通に生きてるよ」

友景はあっさり答えた。桜子は座ったまま縁側から転げ落ちそうになる。

「紛らわしい言い方しないでよ」

「ああ、すまん」

全然すまなくなさそうに言いながら、友景はまたせっせと妖鳥の翼を磨き始めた。

波山の傷は治っていたが、完全にもげてしまった尾羽は未だ蘇《よみがえ》ることなく禿《は》げたままになっている。覗く鳥肌がなんとも痛々しい。

「可哀想になあ……でもそのうちちゃんと元気になるからな。俺が元気にしてやるからな。一緒に頑張ろうな」

友景もちょうど同じところを見ていたらしく、痛ましげに言いながら羽をむしられた尻に呪符を張り付けた。

波山はすっかり安心しきった様子で、友景に身を任せている。

その様子を見ていて、桜子はふと思い、立ち上がって波山に近づいた。

「ねえ、波山。お前は人の言葉が分かるの？」

すると波山はクエッと鳴いて、サパパと羽を動かした。どういう意味だ？　分かるということか？

「分かるんなら、聞くよ。お前をそんな目に遭わせたのは誰なの？　お前は、どうして嵐山からここまでやってきた？　お前の身に、何があった？」

するとたちまち波山の目は恐怖に彩られ、その場にぺたんとお腹をつけ、丸くなってしまった。酷く怯えている。

「おい、桜子。波山をいじめるんじゃない」

友景が庇《かば》うように桜子を押しのけた。

「え、いじめてるわけじゃ……」

「お前に詰められたら、妖怪は怖がるに決まってるだろ」

そう言って、友景は励ますように波山の羽を優しく撫でる。それで波山は少し落ち着き、友景にぴたりと寄り添う。

桜子はちょっと頬を膨らませて縁側に座った。

何よ人を化け物みたいに……そりゃあ私は危険で怖い陰陽師だけどさ……

「景、あんた……妖怪にずいぶん親身ね」

毎日小物妖怪たちを睨みつけていたから、てっきり妖怪を警戒しているのかと思っていたが……体を張ってあそこまでしてこの妖鳥を助けたのだ。妖怪を敵視していたらとてもできることではないだろう。

「仲間意識があるんだろうな」

仲間意識？　ぽつりと零したその言葉に桜子の耳が反応する。

「ねえ……あんたってやっぱり、本当は人間じゃないんじゃない？」

半ば本気で桜子は聞いた。改めて考えても、昨夜の彼は人間離れしていたのだ。

「昨夜、吠えたでしょ？　本当に獣が吠えたんだと思ったもの。ねえ、やっぱりあんた、人間じゃないんでしょ？」

そうでなければ、桜子の剛力を受け止められるはずがないし、あんなに速く走れるはずもない。

「……さあね」

友景はまたはぐらかした。

「別に人間じゃなくたって構わないわよ。その方が、丈夫で壊れにくいでしょうからね。妖怪でも何でも平気よ。ちゃんと人間に化けててくれるなら問題ないわ。ほら、人間と妖怪が結婚して子供を作る話なんかよくあるじゃない。雪女とか、狐女房とか……」

桜子が時折耳にする事例を挙げてみせると、友景は何とも言えない顔で振り向いた。

「お前やっぱり……馬鹿だろ？」

「誰が馬鹿よ！」

「じゃあ鈍感なんだな」

「……景、あんた死にたいの？」

桜子がジト目で睨みつけると友景はいささか呆れ顔になる。

「俺は本当のことしか言わない。嘘は言わない。本当のことを言われて怒るお前が理解できない」

正直が最大の美徳だなんて思い違いしてたら痛い目に遭うぞ、馬鹿野郎……

「どうせ私は馬鹿で鈍感で剛力で怪物で可愛くないわよ。だけど言っとくけどね、そういう私の婿になるって決めたのはあんただからね」

桜子はムッとしながら言い返した。私を貶《おとし》めたら恥をかくのはあんただぞと。

しかし友景はきょとんとして首を傾げた。

「お前は可愛いよ」

唐突なその返しに、桜子はムッとした顔のまま固まり、そのまましばし石のようにまばたきもせず停止して、ようやくその言葉の意味が頭に浸《し》み込み、ぼっと顔から火が出るように赤くなった。

「なっあっぱっ……！」

何言ってんのあんた馬鹿じゃないの！

「俺は馬鹿じゃないし、本当のことしか言わない」

友景は桜子の言葉を見事に解して言い返してくる。

桜子ははくはくと口を開閉させて、それ以上言葉が出なかった。

可愛いとか……可愛いとか……！　ほ、本気で……！

真っ赤になってすごい形相をしている桜子をじっと見やり、友景はぽつりと続けた。

「まあ、お前の見てくれは好きじゃないけどな」

たちまち桜子の身悶えはぴたりと止まる。

「……は？」

「ん？　いや、お前の見てくれはまったくもって俺の好みではない」

彼はまたあっさりと言った。桜子はしばし放心し、ふっと笑い、傍にあった湯飲みを摑み、思い切りぶん投げた。

「死ね！」

言葉を添えて投げつけられた湯飲みは頭蓋を砕く速さだったが、友景はそれを易々《やすやす》と受け止めた。

「おっと……危ないな。湯飲みが割れるぞ」

自分じゃなくて湯飲みの心配をするな！

「もうあんたなんか知るか！　荷造りしてさっさと出ていけ！　私は一生一人で生きていく！」

怒鳴りつけ、立ち上がり、部屋の奥へと消えてゆく。

何に腹が立つって……可愛いとか言われてうっかり嬉しいと思ってしまった自分に

一番腹が立つ！


「出ていけって言ったでしょ」

屋敷から出て昼間の都を歩きながら、桜子はじろりと後ろを見る。

そこには友景が付き従っている。

「出ていけというから出てきたんだろうが」

そういう意味じゃない！

「邪魔しないでよ」

「してねえよ。だいたいお前、晴明公に俺と協力しろって言われただろ」

「不本意だわ」

桜子はぷんすかしながら足早に通りを歩いてゆく。

室町小路は人通りが多いが、なにしろ広いので人がごった返しているという感じではない。喧嘩《けんか》しながら歩く二人に気を留める者もいない。

「どこへ行くんだ？」

「紅姐さんのところ」

「誰だよそれは」

「会ったことあるでしょ。あんたが京に来たとき私と一緒にいた人よ」

振り返りながら答えると、友景は記憶をたどるように眉をひそめ、ぱっと目を大きく見開いた。

「ああ！　あの人か！」

何だその弾んだ声と輝く瞳は。桜子はじろっと彼を睨む。

「よし、急ごう」

友景は俄然《がぜん》やる気を出し、桜子を追い抜かんばかりに足を速める。

こいつ……川に捨てていこうかしら……。

無性に腹が立って不穏なことを考えてしまう。

いや別に……腹を立てる必要なんてないけど……紅姐さんは美人だし、男なら惹《ひ》かれるのは当たり前だし、それで私が怒る理由なんてないし……でも私のこと可愛いって言ったくせに……でもでも見た目は好きじゃないとか……くっ……殺す！

「で？　どうしてあの人に会いに行くんだ？」

「……姐さんは八卦の名手なの。相談に乗ってもらおうと思って」

「なるほどな、急ごう」

こいつ……肥つぼに沈めていこう……。

桜子の殺意を意にも介さず、友景は早足で進んでゆく。

そうして三条の万里小路にある通い慣れた町家へたどり着いた。

「紅姐さーん、いるー？」

呼びながら戸を開ける。土間に入って開いた襖から中を除き、

「きゃあああああああ！」

悲鳴を上げた。

部屋の中で、艶めかしい美女と見知らぬ男が唇を重ねていた。

「ごめんなさい！」

思わず謝り、勢いよく玄関から飛び出して戸を閉める。地面にしゃがみこんで頭を抱える。

ええええええ？　なにいまの？　なにいまの？　なにいまの!?

「おい、どうした？　入らないのか？」

外で待っていた友景が戸に手をかけようとしたので、桜子はますます慌てた。

「わああああ！　馬鹿カゲ！　開けるな！」

とっさに友景の袴を引っ張る。

「おい、やめろ。怪力で引っ張るのやめろ。破れる」

ぎゃあぎゃあ言い争っていると家の戸が開き、紅と接吻《せっぷん》していた男が飛び出してきて逃げるように走り去る。桜子はぽかんとその男を見送り、開いた戸の内側を見た。

しどけない格好の紅が、くすくすと笑って奥から手招きする。

「お入りよ」

「お邪魔します」

友景が平然と挨拶して先に中へ入ったので、桜子もそれ以上狼狽《ろうばい》しているわけにもいかず、渋々家の中に入ったのだった。

「さっきのは姐さんの、その……良い人なの？」

桜子は部屋に上がり、床板に座ると、何気なさを装って尋ねた。

紅は傍らに座って軽やかに笑った。

「ああそうさ、星の数ほどいる私の良い人の一人さ。客って名前のね。男ってのは本当に馬鹿だねえ」

「ふ、ふーん……」

「ふふ、桜子さんは可愛いねえ」

紅はそっと手を伸ばし、桜子の頬を優しく撫でた。

「ところで桜子さん、今日は何の用なんだい？」

「あ、今日は……え、と……何だっけ……」

客ね、客。ああよかった。だいたいあんな男、紅姐さんには似合わないわよ。まあ、どんな男だったかよく見なかったけど……若かったわよね？　二十歳くらい？　結構いい着物で、どこかのお坊ちゃんかも……あれ？　私何しに来たんだっけ？

「京の異変について、易者のあなたなら何かご存じではないかと思いまして」

代わりに答えたのは友景だった。すると今まで友景を無視していた紅が、ゆっくりと彼の方を見た。

「あんたは？」

問いただされた友景は、胡坐で床に拳をつき、ぐっと身を屈《かが》めて礼をした。

「柳生友景と申します。幸徳井家の婿として大和柳生庄より参りました」

美女の前だからって何礼儀正しくしてるんだこいつ……！

桜子はさっきまでの動揺を吹き飛ばして目を吊《つ》り上げた。

友景は桜子の怒りなど知りもせず、じっと紅を見つめている。

「へーえ……桜子さんの婿ねえ……」

紅は値踏みするように見つめ返し……

「つまんない男ねえ」

苦笑と共に言われ、しかし友景は顔色一つ変えなかった。代わりにグサッときたのは桜子の方だった。

「姐さん、この人は面倒くさがりで訳が分からなくて無神経で変な奴だけど……強いのよ」

思わずふくれっ面で言い返す。けれど紅は冷笑を浮かべただけだった。

「桜子さん、男の強さなんてものは幻想だよ」

ぐう……何か……何か……よく分からないけど言い返せない……

「あのねえ、桜子さん……私は男ってものをよーく知ってる。数えきれないくらい相手にしてきたからねえ。その私が言うことなんだから聞いておきな。この小僧は桜子さんに相応しいと思えない。こいつはいずれ、桜子さんを裏切るかもしれないよ」

紅の柔らかな手が桜子の拳を包むように握る。思わずとろりと溶けて全てをゆだねたくなってしまうような柔らかさ……いい匂い……

「何か見ましたか？」

とろけ始めていた桜子の頭を揺さぶり、友景が無粋に割って入った。

「何かって？」

「八卦で何か、俺のことを見ましたか？　あなたは八卦の名手と聞いています」

「……見られて困ることでもあるのかい？」

「まあ、少しはありますね」

友景が馬鹿正直に答えると、紅はぽかんとし、ふっと笑った。

「あんた、思ってた以上に厄介な男だねえ」

「よく言われます」

淡々と答える友景をしばし睨みつけ、突如興味を失ったかの如く紅は桜子の方を向いた。握られたままの手に力が込められる。

「それで桜子さん？　都の異変について何が聞きたいんだい？」

「えっと……姐さん前に、百鬼夜行を毎晩見ると言ってたでしょう？　私、その百鬼夜行を見つけ出そうと思ってて……」

「そんなの見つけてどうするんだい？」

「人を喰う前に追い払うわ、それが陰陽師の役目だから。その役目を無事にこなせれば、先生が大事なことを教えてくれる約束なの」

「陰陽師の役目……か。時の権力者から無下に扱われて肩身の狭い思いをしてるってのに……健気なことだね。まあ、桜子さんが困っているなら占ってあげようか」

紅は呆れたようなため息を吐くと、桜子の手を放して立ち上がり、部屋の端に据えられた卓から筮竹《ぜいちく》と紙と筆を持ってきた。よく見る竹でできた物とは少し違い、菊の茎に似た細い棒が五十本、筒に入っている。

紅は五十本の筮竹を手に取り、そこから筮竹を引いたり分けたり引いたり足したり……幾度も繰り返し、時折紙に大とか小とか書きつけた。

桜子も友景も息をつめてその様子を見守る。

全て終わると、紅は京の地図を広げた。

「不吉な方角は南東……五条のこのあたりだね」

「ここ？」

桜子は身を乗り出して地図の一点を見下ろした。

「ここに奴らがいるの？」

「今夜この場所で怪異が起こると八卦に出たよ。まあ、当たるも八卦、当たらぬも八卦さ」

紅は艶めかしい仕草で体を傾ける。桜子はそんな彼女に信頼の瞳を向ける。

「紅姐さんの八卦は当たるわ。今夜この場所で怪異が起こる。姐さんが言うなら必ず起こるわ。今夜、この場所に行くわよ！　いいわね？」

最後の言葉を友景に向けて放つと、友景は紅にぽうっと見入っていたところを急に呼ばれて驚いたように振り向いた。

「ん？　何だ？」

「……あんたもう、出ていきなさいよ」

桜子は足を伸ばして友景を蹴った。

このままここにいたら、こいつは紅姐さんの婿になりたいとか言い出すんじゃないのか？　別に結婚が嫌だというならいつでも別れてやるけれど、想像するとなんだか……なんだか腹が立つ。

「怒るなよ、ちゃんと聞いてたよ。今すぐその場所に行くんだろ」

聞いてねーじゃねーか！

「あんたねえ！　紅姐さんを見すぎなのよ！」

「何だよ、やきもちか？」

「ちっ違うわよ！」

「そうか」

と、彼はがっかりしたように肩を落とした。

「何よ、やきもち妬《や》かれたかったの？」

「まあね」

即答され、桜子はうぐっと言葉を飲み込んだ。それって……それって……こいつやっぱり……私に懸想してるんじゃないの？

とは思ったが、そう聞いてまた馬鹿だの鈍感だの言われたら癪《しゃく》に障る。

桜子が険しい赤ら顔で黙っていると、友景は呆れ果てたようなため息をついた。

「お前は本当に……馬鹿で鈍感だよな」

「いや、私何も言ってないでしょ！」

そう言って桜子は立ち上がり、紅の方を向いた。

「私もう帰るわね、ありがとう、姐さん」

怖い顔でそう言うと、友景を置き去りにして紅の家を出て行った。

「俺も帰るよ」

友景は桜子を怒らせたことなど気にもせず、平然と後をついてくる。

「桜子さん」

ぷんすかと歩いてゆく桜子を、紅が不意に呼び止めた。振り返ると、彼女は家の戸から顔を出してうっすらと笑っていた。

「桜子さん、私が言ったことは本当だからね」

そう言うと、彼女の美しい顔は家の中に消えてしまった。

紅姐さんが言ったこと……？　八卦のこと？　じゃ、ない。その前の話だ。この男のことだ。姐さんは確か……ああ、そうだ……この男が私を裏切ると、言ったんだ。

こいつが、私を、裏切る？

桜子は怪訝な顔で傍らの友景を見上げた。

「何だよ」

「……何でもないよ」

当たるも八卦、当たらぬも八卦。

桜子はそれ以上考えず、再び通りを歩きだした。

今は何より、京の異変を解決することを考えるのだ。

自分が誰の血を引いて生まれたのか……どうして誰も教えてくれないのか……桜子はどうしても知りたいのだから。


「今夜は様子がおかしい……嫌な風が吹いている」

男は屋敷の一室で呟いた。

「何か恐ろしいことでも起こるのですか？」

同じ部屋の中にいた若者が身震いしながら問いかける。

「……人喰いどもが暴れている気配がします」

「なんと……！　ああ、恐ろしい……ここが狙われているのですか？」

「人に仇《あだ》なす魔性の者は、いつでも人を喰おうと隙を窺《うかが》っているのです。今の京には恐ろしい者たちが集まっている。どうかみだりに外出なさらぬよう。この敷地の中であれば、私がお守りいたしますゆえ」

「もちろんお言葉通りにいたします。ああ、法師様。恐ろしい怪異から我々をどうかお守りくださいませ」

「分かっております。必ずやお守りいたしましょう。なに、奴らの目的は知れたこと……これを狙っているのです」

法師と呼ばれた男は部屋の反対側に目を向ける。そこには注連縄《しめなわ》で囲まれた黄金色の毛並みを持つ異形が横たわっている。

「これを人喰いどもの手に渡してはなりません。これ以上、被害者を出してはなりません」

「もちろんです、法師様。なんとしてでもこれは死守せねば……」

「私にお任せください。必ずや皆様をお守りいたします」

法師は険しい顔で黄金の異形を見据えた。

その異形は身動き一つすることなく静かに横たわっていた。


深夜——桜子は京の町家の屋根の上をぴょんぴょん飛び移りながら五条へと向かっていた。

「なあ、桜子。お前は五条で何が起きると思うんだ？」

すぐ後ろを飛びながら、友景が聞いてくる。

こいつはいつの間に私を名前で呼ぶようになったのかしらと訝りながら、桜子は思案した。

「もちろん百鬼夜行か……変死する妖怪か……そういうことが起こるんでしょうよ。

お父様の正体に近づく手がかりだわ」

異変を解決すれば、晴明が父のことを教えてくれる約束だ。

「お前、そんなに会いたいのか？　一度も会ったことがない父親に」

「そりゃあ会いたいわよ！」

桜子は間髪を容れず答えた。

いつの間にか隣を走って——いや、飛んでいる友景は、少し驚いた顔をしている。

「何でだ？」

心底理解できないという風に聞かれ、桜子はそれこそ理解できなかった。

「お母様が惚れた男ならいい男に決まってるし、私のお父様なんだから私のこと可愛いに決まってるもの」

「お前は……」

友景は何か言いかけ、そこで言葉を切った。どう言えばいいのか分からないという風に。

「何よ、言いたいことがあるならはっきり言ってよ」

「……別にないよ」

「ああそう、ほら、もうすぐ着くわ……あ！」

桜子は目的地を指さして、仰天した。五条坊門小路の川沿い——そこに、何かがいる。桜子は足を止め、屋根の上から小路を見下ろした。

「鬼はどこだ……鬼はどこだ……御土居の中だ……御土居の中に隠れおる……宝はどこだ……宝はどこだ……御土居の中だ……鬼が盗んでいきおった……」

おどろおどろしい呪詛が夜に低く響く。目を爛々と怒らせた獣の群れ。普通の獣ではありえない様々な色形のそれを、人は妖怪と呼ぶ。

「百鬼夜行……」

いつぞや目撃した百鬼の群れだ。あれがまた、現れた。だが……

「ちょっと待ってよ、何あれ……なんであんなに増えてるの？」

以前見た時の、倍は数が増えている。桜子は驚愕《きようがく》にまばたきすらできずそれを見下ろす。

「あんなものが人を襲ったら……」

呟いて、眉間に深いしわを刻んだ。その時――

「ぎゃああああああ！」「うわあああああ！」「助けてくれえええええ！」

恐怖に彩られた悲鳴が上がる。百鬼夜行の行く手に、夜歩きをしていたらしい人間の群れがいた。彼らは突如現れた怪異に、腰を抜かして震えている。

血走った目の妖怪たちは、叫ぶ人の群れをぎょろりと睨んだ。大きな口を開ける。凶悪な牙が覗く。

喰う気だ――！

桜子はとっさに屋根から飛び降りていた。

「やめな!!」

怒号を放つ。

すると百鬼の群れは憎悪の眼差しを桜子に向けた。

普通、妖怪は桜子を恐れるものだ。桜子は危険で恐ろしい陰陽師だから、彼らは桜子を恐れるのだ。そして敬い、懐く。けれど今目の前にいる妖怪たちは、桜子を見ても怯える気配がなかった。

あの時の……先生が追い払った奴らと同じだ。

猪笹王の時に現れた彼らのことを思い出す。見覚えのある、猪笹王の子供らしき妖怪もいる。

「み、巫女殿！　どうかお助けください!!」

腰を抜かした人たちが桜子に縋ってきた。

誰が巫女だ……とは思ったが、巫女装束を着ている身でそれを口にするのはさすがに厚かましかろう。そういうわけで桜子は彼らを華麗に無視した。鋭い目を妖怪たちに向ける。

「下がれ。こいつらを喰うというなら、私はお前たちを殺さなくちゃならない。下がれ。私にお前たちを殺させるな」

低く、はっきりと告げる。

お願いだから……どうかおとなしく引き下がってほしい。どうかどうか……殺させないでほしい。

しかし、妖怪たちには一歩も引きさがる気配がなかった。それどころか剣呑《けんのん》な空気はどんどん濃くなり、ほんの少し動いただけでも空気が破裂して襲いかかってきそうなほどに張りつめる。

ざっと見ても二百匹はいるだろう……これを一人でいなせるか？　いや、一度には無理だ。取りこぼした奴があの怯える人間たちを喰ってしまう。

桜子は素早く屋根の上を見た。友景が、月を背にこちらを見下ろしている。下りてくる気配はない。

こいつ……まさかこの状況ですら何もしない気か……！

彼が力を振るう基準が、桜子にはいまだに分からない。友景が桜子の目の前で己の力を振るったのは、波山を助けたあの夜だけだ。

それ以外は毎日毎日寝て喰ってだらだらごろごろして……本当に何がしたいんだ！

桜子は腹立ちを逃がすように深呼吸し、妖怪たちと対峙した。

「話ができる者はいるか？　お前たちが何故ここに集まり、何をしようとしているのか……事情を言え。理由如何では、手を貸してやる。お前たち、私に助けを求めるか？　それとも……私を敵に回すか？」

淡々と脅しつける。しかし、彼らはまるで引く様子がなかった。事情を説明する素振りも、助けを求める気配もない。彼らは完全に、桜子を敵とみなしていた。

「鬼め……鬼め……宝を返せ……！」

百鬼夜行は桜子に憎悪の眼差しを向けた。とても話し合いはできない。実力行使でしかこの状況を打破できない。桜子はそれを理解した。

妖怪たちの牙が、鉤爪が、桜子に向けられる。しかし、いくら凶器や殺意を向けられたところで、桜子が彼らを恐ろしいと思うことはない。彼らは自分より下位の者だと、本能が告げている。殺すことなら、可能だ。だが――

「私は……お前たちを殺したいわけじゃない。お前たちにも親や子がいるんでしょう？　お前たちが死んだら泣く者がいるんでしょう？　そんな悲しいことを私はしたくない」

柔い心が一瞬ちらつき、それでも桜子はよどみなく続けた。

「それでもお前たちがここで人を喰うというのなら、私はお前たちを一匹残らず殺す。私は陰陽師だ。人を守り世を守り、魑魅魍魎を調伏するのが私の役目だ。人を喰わんとする妖怪に手心を加えると思うなよ。私はお前たちの命を奪うことに躊躇《ちゅうちょ》はしない。

死ぬ覚悟がある者だけ前へ出ろ」

桜子は懐から呪符を取り出し、ばらりと扇状に広げてみせた。

この数日で書き溜《た》めた呪符だ。この妖怪たちを皆殺しにして余りある。

腹を括った桜子の気迫に妖怪たちは一瞬飲まれた。しかし、それでも下がることなく牙を剝き、威嚇してきたのである。

こいつら……死ぬ覚悟でここにいる……！

「そうか……じゃあ仕方ないね……」

桜子はぽつりと呟いた。呪符を握る手に力を込め、呪文を唱えようとした、その時

――


どくん……と、奇妙に心臓が鼓動した。

声が聞こえる……何……？　誰の声……？　誰かが……私を呼んでる……

私の名前を……私の存在を……呼んでる……私よりずっと強い何かが……

「あ……うぁ……」

奇妙な声が口の端から零れる。手が震え、呪符が落ちた。

どくん……どくん……どくん……

呼び声に合わせ、桜子の心の臓は激しく鼓動し、痛んだ。

え……何これ……嫌だ……助けて……助けて……！　おじい様！　先生！

「あ……あ……があああああああああああああああ!!」

喉が裂けんばかりに絶叫する。

ああ……………おなかがすいた……

そうして幸徳井桜子という人間は――死んだ。

「……今日だったか」

友景は屋根の上からその光景を見下ろしていた。

地面に蹲《うずくま》るのは許嫁の少女。

その少女が、今、死んだ。

そしてその亡骸《なきがら》が、突如変貌し始める。

華奢《きゃしゃ》な手足がメキメキとひび割れるように巨大化し、光り輝く獣毛に覆われる。体躯が伸び、人の形を逸脱する。頭からは長い獣の耳が生え、鼻面が伸びる。着ていた巫女装束が巨大化する体に耐えられず破れ落ちた。むき出しになった尻からは、体と同じほどの長さがある太い尾が七本伸びる。

ヴォオオオオオオオオオオオオオオオオオオオオオオオウ!

鋭い牙が覗く口が、咆哮を上げる。

振動が風に消えると、そこには一匹の巨大な獣がいた。

黄金の獣毛を持ち七本の尾を生やした妖狐《ようこ》——

「でかいなあ……」

その獣を見て友景は呟く。

殺気立っていた百鬼の群れは、突如現れた妖狐に興奮し、襲いかかった。しかし妖狐は七本の尾を一振りし、一瞬にして百鬼の群れを薙《な》ぎ払った。吹き飛ばされた妖怪たちは、そのまま散り散りに逃げてゆく。

「強いなあ……」

友景はまた呟いた。

「ずいぶん平然としているな、小僧」

傍らで不意に声がした。ちらと目を向けると、そこには狩衣の陰陽師が立っていた。

「晴明公……お久しぶりです」

とぼけた挨拶をした友景を鼻で笑い、晴明は吠える妖狐を見下ろした。

「懐かしい姿だ……懐かしく……忌々しい……」

「晴明公はかの妖狐をご存じでしたか？」

「くく……無論だ。かつて平安の世で鳥羽法皇を誑《たぶら》かし国を傾けた妖女、玉藻前《たまものまえ》のその正体……知らぬはずがなかろう。天竺《てんじく》で生まれ、唐へと渡り、この日ノ本へ逃げ延びてきた忌々しい妖狐よ」

ひらりと優雅に手を振りながら晴明は語る。

「力の源である尾を切り落とされ、石に封じられたというのに……どこまでも忌々しい奴よ……あれは封印を破って蘇ったのだ。そうしてこともあろうに、人間の女を孕《はら》ませた」

くっくと笑い、地を這《は》う巨大な獣を指さす。

「その果てに生まれたのがあれだ。分かるか？　幸徳井桜子は人間ではない。あれは大陸よりやってきた悍ましい妖怪、白面金毛九尾の妖狐の娘だ」

ヴォオオオオオオオオウ！

七尾の妖狐はまた吠えた。

「もちろん分かっていますよ」

友景は静かに答えた。

「俺はそのために……あの妖怪を調伏するためだけに、ここへ呼ばれてきたんですからね」

「くくく……本当に友忠は残酷なことをする。自分の孫にこれほどの非道を行うとはな。だがまあ、仕方がなかろう。放っておけば、あれはいずれこの国を滅ぼすだろう。かつてあれの父親がそうしたようにな。宮中で数多《あまた》の血肉を喰らい、力を増し、この世の全てを蹂躙しようとしていた怪物……退治されていなければ、この国は今頃存在していないだろうよ」

楽の音に似たその言葉を聞き、一度目を閉じ、友景は抜刀した。

「そんなことはさせませんよ。あれは俺が調伏します」

そう呟き、通りを見下ろす。

七尾の妖狐は酷く興奮した様子で鼻面を動かし、突然通りを走りだした。ギラギラと目を光らせ、南へ向かって駆けてゆく。

友景は地面に下りると、全速力で妖狐を追った。

妖狐は五条から南下し、六条、七条を越えて堀川小路の南の南、洛中を囲む御土居のすぐ傍まで駆け抜けると、そこにある寺の前で立ち止まった。

妖狐は寺のにおいを幾度か嗅ぎ、苛立ったように吠えた。そして寺の門に突進しようとして――そこで友景は妖狐に追いつき、その巨大な胴体に斬撃を食らわせた。鮮血が闇に散る。

ギャアアアアアアアウウウウ！

痛み――というより怒りで、妖狐は吠えた。友景が走って距離をとると、妖狐は牙を剝いて友景を追ってくる。友景はしばらく走ってその場を離れ、御土居の南端に飛び乗り再び刀を構えた。

「桜子、来い。お前を調伏してやる」

興奮した妖狐は吠えながら友景に襲いかかる。開いた口は、友景を一飲みにできるほど大きい。しかし友景は顔色一つ変えずその牙を刀で防いだ。

「ア・ビラ・ウン・ケン」

淡々と真言を唱える。

その真言に応え、目も眩《くら》むほどの強烈な神気が天空から降り注ぎ、妖狐を御土居から撥《は》ね飛ばした。妖狐は地面に落ち、激昂して吠える。

「そなた……妾たちを呼び出すとはなかなか豪胆な童《わらべ》ですね。そのような異国の呪文で呼ばれたのは初めてですよ」

美しい声が夜の空に響く。友景は妖狐に刀を向けたまま空を見上げた。

そこに、二柱の神がいた。蛇の形をして下半身を絡み合わせた夫婦神。

人を生み出したと言われる女神女媧。八卦を生み出したと言われる男神伏羲。

人間ごときが言葉を交わせる相手ではない。まばたき一つで息の根を止められたとて文句は言えない。存在の次元が違いすぎるのだ。目を合わせることすら不敬であろう。しかし友景はひれ伏すでもなく、会釈一つでしれっと言葉を発した。

「どうも、応えてくださって助かります」

「我らを何だと思っているのか、生意気な小僧め」

伏義が忌々しげに笑う。

友景は御土居の下で唸る妖狐を警戒しつつ、神に語り掛けた。

「あなた方は桜子に仕えている……振りをしていた」

「いかにも、妾たちは可愛い桜子の使用人ですよ」

「そうですね……あなた方は桜子を危険視していた。故に、見張っていた」

「いかにも、我らは桜子を見張っていた。あれがいかに危険な生き物か、我らは誰よりよく知っている」

伏義がひりつくような声で言った。友景は静かに頷いた。

「伝説を鑑みればそうでしょう。あなた方は桜子を危険視し、場合によっては滅するつもりでいる。そのために、ずっと傍にいたんでしょう？　俺もそうです。あなた方と俺の目的は一致している。力を貸していただきたい」

「どうしろというのです？」

「あれを調伏します。手伝ってほしい」

平然と神に要請する友景を見て、女媧は驚いたようにまばたきし、嫣然《えんぜん》と微笑んだ。見ただけで目が眩むような笑みだった。

「ふふふ……いいでしょう、愚かで恐れを知らぬ童よ。そなたに何ができるのか、見せてください」

とろけるような声で言うと、女媧はゆっくり妖狐を指さした。

「跪《ひざまず》きなさい。桜子よ」

途端、空が光った。

すさまじい轟音《ごうおん》とともに、眩《まばゆ》い稲妻が落ち、妖狐の巨大な体を貫いた。

ギャアアアアアアアアアアア！

妖狐はけたたましい声で鳴き、地面に頽れる。よろよろと体を起こしかけた妖狐の背に、友景はすかさず飛び乗った。

暴れる妖狐の背中の毛を掴み、振り落とされないようにしながら呪符を咥える。

「急々如律令《きゅうきゅうにょりつりょう》」

その呪文と共に友景の刀は神気の輝きを帯びた。

「桜子……お前を調伏するぞ」

粛々と告げ、友景は妖狐の首筋に刀を突き立てた。


突然意識が覚醒し、はっと目を開けると目の前には知らない天井があった。

しかし頭がぼんやりしていて、自分が何なのか分からない。

「起きたか、桜子」

呼ばれて、横を向く。男が床に座っている。

桜子……？　誰のこと……？

そしてこの男はいったい誰だろう……

曖昧な意識のまま辺りを見ると、自分が暗い牢《ろう》のような場所に閉じ込められているのだと分かった。薄い褥の上に寝かされている。そして同じ牢の中に、冷たい目をした男が座っているのだ。

男は腰を上げて近づいてくると、桜子の顔を覗き込んできた。

「寝ぼけてるのか？　まあ、別にどうでもいいけどな。どっちにしても俺はこれからお前に酷いことをする」

男は淡々と告げる。

「お前にそれを拒む権利はない。お前は鎖をつけないままこの世に放り出すことはできない化け物だからだ。首を刺したくらいじゃ死にやしねえ」

化け物……その言葉が火花のように頭の中で爆《は》ぜた。

「あ……私は……」

そうだ……私は……私の名は幸徳井桜子だ。陰陽師の一族に生まれた人間だ。人間……だったはずだ。それなのにどうして……どうして私はあんな獣の姿になって暴れたりしたの……？　あれは……夢だったのだろうか……？

頭の中には夜の都で暴れ狂った記憶がある。体が自分ではないものに変化して、理性も記憶もなくなって、ただの怪物みたいに……

「桜子、お前は人間じゃない」

彼は淡々と告げた。この男が自分の許嫁であることを、桜子はようやく思い出していた。自分の頭と体がばらばらに切り刻まれて組み替えられたかのように不安定で、しっくりこない。

「お前は白面金毛九尾の妖狐が人間の女に産ませた娘だ。お前の血の半分は人のものではないし、お前の体も正常な人間のそれじゃない」

酷薄なその言葉に桜子の心臓はぎりぎりと痛んだ。

「なっ……何、訳の分からないことを……！」

怒鳴りながら起きようとして、ぎょっと異変に気付く。

手足が……繫がれている。呪符を貼った太い鎖で両の手足を四方の壁に繫がれているのだ。

「何よこれ……」

「桜子、お前……人を喰いたいか？」

友景はどこまでも冷静に聞いてきた。あまりに冷静で、その言葉の不穏な内容にそぐわず、聞き間違いかと思う。

「は？　何言ってるの？　人なんか……」

喰いたいわけがない。人を喰う？　意味が分からない。人間が、人間を喰いたいなんて思うわけが……

「じゃあ何で、お前は物欲しそうによだれを垂らしてるんだ？」

「……え？」

問われ、自分の体に意識を向ける。口元が……濡れている。口の端からだらだらと、あさましくよだれを垂らして横たわっているのだ。

何……これ……何で……？

自分に何が起きているのか分からず、酷く混乱する。

友景は冷ややかに言いながら手を伸ばしてきた。びくりと身を震わせる。

「俺を喰いたいか？」

人の匂い……血と肉の匂いだ……

全身が震え、汗が噴き出す。呼吸と鼓動が速くなる。溢《あふ》れる唾に溺れそうになる。

「俺を喰いたいんだろ？　獣の目をしてるぞ。だが……ダメだ」

そう言って、友景は桜子の顎を摑んだ。

「お前には喰わせてやらんよ。代わりにこれを食ってろ」

彼は折りたたんだ呪符を桜子の口にねじ込んだ。そして雑に着せられた小袖の上から、腹のあたりを強く押す。

「うぐっ……触るな……！」

「これからお前を調伏する。俺はお師匠様から、お前を調伏するよう言われてここに来た陰陽師だ」

「おじい様が……？」

「ああ、お前はこの世に存在してはいけない生き物だ。かつてこの国を滅ぼそうとした……恐ろしい妖怪と同じ力を持つ化け物だ。お前を育ててきたお師匠様も、お前を見守ってきた神仏も、全てはお前を調伏するため傍にいたんだよ」

「……嘘」

おじい様が……女媧様が……伏羲様が……私を化け物として調伏しようとしている……？

「嘘じゃない。天諸童子、以為給使、刀杖不加、毒不能害、若人悪罵、口則閉塞、遊行無畏、如師子王、知慧光明、如日之照、若於夢中、但見妙事……」

「いぎっ……あああああああああああ!!」

呪文を唱えられた途端激痛に襲われ、桜子は悲鳴を上げた。暴れて身を捩《よじ》るが、手足を拘束する鎖が逃げることを許さず、激しい金属音を立てた。

「あまり暴れると最後までもたないぞ。野狐調伏ってのは馬鹿みたいに長いし、これはまだ前行だ。昔の偉い上人が編み出した呪法を基に処方した、お前を調伏するための特別製だ。とりあえず五百回唱えるから、とても痛いだろうけど我慢しろ」

友景は動きを封じるように桜子の腹を押す手に力を込める。

「天諸童子、以為給使……」

「があああああ……ううううう……グルルルルル」

再び全身を痛みに貫かれ、叫ぶ桜子の声に獣のそれが混じった。

友景は眉をひそめて呪文を切り、桜子の体に跨《また》がって首を押さえつけた。

「あれだけ痛めつけたのにまだ変じる力が残ってるのか……臨・兵・闘・者・皆・陣・裂・在・前！」

九字を切られ、殴られたような衝撃を受けてぐったりと力が抜ける。

「刀杖不加、毒不能害……」

「う……ぐう……」

力なく喘《あえ》ぐ。激しい痛みに頭の中が明滅する。その痛みに溺れながら、現実逃避をするように……いや、現実を手繰り寄せるように桜子は考えた。

私のお父様が九尾の妖狐……？　ずっと知りたかったお父様の正体がそれ……？

お母様は……妖怪に恋して私を産んだの……？

なら私は、本当に人間じゃないのだ……だから妖怪たちは私を敬っていた……？

この怪力は……神通力は……人間じゃない証《あかし》だった……？

ずっと蠢《うごめ》いていたあの感覚……人を見るたび感じていたあの衝動……そうだ……私はずっと……ずっとずっとずっと……人を喰いたいと思っていた……

私は本当に……人ではないのだ……

激しい痛みは気を失うことさえ許してくれなかった。

身動きもとれぬまま、痛みに呻き続け、時折目を開けると目の前には人間の男がいる。いったいどれほどの時間が経ったのか……途切れることなく呪文を唱え続けている。ぽたぽたと汗がしたたり落ちてきて、その雫《しずく》が肌を伝うと、痛みを退けるほどの奇妙な快感が全身を走る。

この人間を喰ったら……どれほど甘いのだろう……

喰いたい……喰いたい……喰いたい……私は人間じゃないのだから、お前の肉も骨も皮も……血の一滴すら残さず喰ったっていいはずだ!!

「うがああああああああ!!」

何度目になるか分からぬ衝動的な欲望に突き動かされて暴れる。

「そんなに人を喰いたいか？」

人間は……友景は、不意に聞いてきた。

桜子の体は汗だくで、押さえつけてくる友景の体も汗だくで、混ざり合った汗はどちらのものかもうわからないほどで、触れ合っている部分はじっとりと熱く、冷たい。

「お前、人の世で生きるのは辛いか？　窮屈か？　周りに仲間はいないと感じるか？　居場所がないと感じるか？　お前の祖父も、先生も、お前を守ってきた神仏も、お前を化け物だと思ってる。お前を慈しんでくれたものはこの世に一人もいなかった。それを知って、お前はどうしたい？　お前、人を捨てたいか？」

何を……言ってるのだろう……この男は……

物心ついてから今まで過ごしてきた幸徳井家のことを思い出す。育ててくれたおじい様のことを……鍛えてくれた先生のことを……見守ってくれた神仏のことを……慕ってくれた妖怪たちのことを……

それらは全て嘘だった。彼らは桜子をただの化け物としか見ていなかった。彼らは桜子を……愛していなかった……

「…………ふざけるな」

低く唸るような獣じみた声が喉の奥から這い出てきた。

「ふざけるなよ!!」

押さえこんでくる男を怒鳴りつける。ギラギラとした目で睨み上げると、友景は少し驚いたような顔をした。

「お前は知らないだろ！　おじい様が私をどれだけ大事に育ててくれたか……風邪を

ひいた時つきっきりで看病してくれたことも……寂しくて泣いてた夜はいつも一緒に寝てくれたことも……危ないことをした時一番心配して怒ってくれたことも……お前はおじい様が私をどれだけ可愛いか知らないだろ！」

喉が裂けんばかりに叫ぶ。痛めつけられて抵抗する力を失っていた手足が蘇り、ぎしぎしと鎖が鳴る。

「先生が私にどれだけ期待して鍛えてくれたか知らないだろ！　神様たちがどれだけ私を愛《め》でてくれたか知らないだろ！　妖怪たちがどれだけ私を慕ってるか知らないだろ！　お前は私のことなんて、何も知らないだろ！」

ぎりと歯噛みし、射殺すような目で見据える。

「私が人間じゃないから……何だ？　化け物だから何だ？　人を喰いたいから何だ!?　私がどんな化け物だろうと、この世の何がどれだけ私を否定しようと、そんなもの何の意味もない！　この世でただ一人私だけは、私がどれほど大事にされてきたか知っているんだ。お前の言葉で私を貶められるなんて思うな！　だから……」

そこまで一息に言い、息を切らしてぐったりと力尽きる。

「だから……私はお前に逆らわないし、お前のすることを受け入れるのよ」

そう締めくくると、桜子に跨って押さえつけていた友景は、大きく目を見開いた。

ここまで驚いてる顔……初めて見た……

「俺がお前に何をしようとしてるか、分かってるのか？」

「……さあ、知るもんか。こんな痛い目に遭わされて……お前なんか喰ってやりたいよ。だけど、お前が私に酷いことをしようとしてるなら、おじい様も先生も神様たちも放っておかないわ。きっと私を助けてくれる。みんなが黙っているってことは、お前は私に酷いことをしようとしてるんじゃないのよ。お前は私の味方で、私のために今ここにいて何かしようとしてくれてるんでしょ。だから私は受け入れるわ。好きにしなさい。いくらでも痛めつければいい。この程度、鼻で笑って耐えてみせるわよ」

引きつった笑みを浮かべてみせると、友景はしばし呆然とし、薄く笑い返した。

「じゃあ……これからもう少し痛くなるけど我慢しろよ」

「……やってみな」

桜子は凶暴に牙を剝いて嗤《わら》った。

友景の野狐調伏は一昼夜続いた。同じ呪文を何百と繰り返し、数えきれないほどの呪符を飲ませる。桜子はその痛みに幾度となく悲鳴を上げ、暴れ、そのたび友景にきつく押さえ込まれる。

「笑って耐えてみせるんだろ、我慢しろよ」

彼は腹立たしいほどに容赦がなかった。

そしてまた、幾たびも幾たびも……同じ痛みを繰り返す。

「……私……あんたの方が人間じゃないんだと思ってた」

もはや麻痺《まひ》して痛みすら感じなくなってきたころ、桜子はふとそう言っていた。

ずっとそう疑っていたのだ。とても人とは思えないことを、彼は幾度となくやってみせたから……

「あんたは人間なんでしょ？」

すると友景は呪文を途中でやめ、奇妙に空虚な気配を漂わせた。

「……さあね」

今までに幾度か質問した時と同じく彼は答えた。正確に言うならはぐらかした。

そして最後まで呪文を唱え切り、桜子の上に跨ったまま少しだけ下の方へずれた。

そして桜子の着物の合わせ目を無理やりはだけさせ、肌を外気に晒《さら》す。

「い……ぎゃあああ！　何やってんのよ！　見るな助平変態不埒者!!」

桜子はぎょっとしてじたばたするが、鎖に繋がれたままでは抵抗のしようがない。

「大丈夫だ、見てない」

「嘘つけぇええええ!!」

思いっきり裸見てるじゃないか！　裸なんて……裸なんて……！　誰にも見られたことないのに……！

恥ずかしすぎて、泣くか死ぬか殺したい……！

全身を紅潮させて歯を食いしばる桜子を見下ろし、友景は近くに置いていた筆を取った。その穂先が桜子の肌をなぞり、何か記してゆく。

あまりのくすぐったさに唇を噛んで体を捩るが、上に乗った男の重みで身動きができない。友景は息をつめて慎重に筆を動かし、書き終わると自分の手首を噛み切って、そこから滴る血を桜子の口に押し当てた。あまりの甘さに眩暈がする。彼はひとしきり血を飲ませると、陶酔している桜子の鳩尾《みぞおち》の辺りの肌を思い切り叩いた。ぱあんと良い音が響き、今までとは違う種類の痛みがびりびりと広がる。その波が去ると、友景はようやく桜子の上から下りた。

「終わったぞ」

隣にどかっと座り、深々と息をつく。

呆然としていた桜子ははっと正気を取り戻した。

「え……終わったって……何よ、何が終わったって言うのよ。いや、そんなことより終わったなら私の着物を戻してよ！」

「ん？　ああ……悪い」

友景は姿勢を変えて桜子のはだけた着物に手を伸ばし、しかし途中で手を止めまじまじと桜子の裸身を凝視した。

「何見てるのよ馬鹿！」

「いや、不備がないかと……」

「不備なんか知るか！　馬鹿馬鹿馬鹿!!」

「分かったよ」

そう言って友景は桜子の体を見ないよう目を逸らし、はだけた着物の前をささっと掻き合わせた。

「うう……もうお嫁にいけない……」

桜子は涙目になって呟く。

「いや、お前は俺の嫁になるんだろうが」

「……くっ……あんたを殺して私も死ぬ……」

「ああ、まあ俺を殺せばお前は死ぬだろうな」

あっさりと言われ、桜子は裸を見られた衝撃を忘れた。

「何よ、どういう意味よ？」

「言っただろ、俺はお前に酷いことをするって。今、したよ。俺はお前にとても酷いことをした。俺は今、お前を自分の式神にした」

「……は？」

一瞬何を言われたのか理解できず呆《ほう》ける。

式神……？　式神って……私が……？　こいつの……？

「お前は俺の式神だ。たった今、そうなった。だからもう、飢えていないだろ？」

言われて気づく。彼の言う通り、さっきまで渦巻いていたどうしようもない飢餓感がきれいさっぱりなくなっていた。人を……喰いたいと思わない。紛れもなく、桜子の体はこの男に作り替えられてしまった。

「たった今からお前は俺の式神で、俺がお前の主だ。だからもう、俺の存在がなければ生きられない。俺が死んだら一緒に死ぬ」

友景は桜子の手足を縛る鎖を外し、桜子の体を起こした。

「現実の鎖はもう必要ないな。お前はもう俺に繋がれてるから」

友景は見えない鎖を見るかのように目を細めた。

十年ぶりに血が通ったような心地で、桜子は手を振りながら褥に座り込んだ。汗を吸った褥はじっとりとしていて気持ちが悪い。

自分が繋がれている……？　分からない。そんな感覚はない。

「……いつから？」

「何が？」

「いつから計画してたの？　こんなこと……」

桜子を調伏して式神にするためにここへ来たと、この男は確かに言った。いったいいつから計画されていた……？

「七年前……俺が十の頃からだよ」

「そんなに……!?」

そんなに前から計画されていた？　それはまさか……

「おじい様がこの計画を？」

友景はゆっくりと頷いた。

「七年前、お師匠様に頼まれた。孫の婿になって調伏してほしい……って」

桜子の口の端が思わず引きつる。

おじい様……それ、十歳の子供に言うこと？

十歳の子供に、化け物の婿になって、それを調伏しろだなんて……

「あんた、嫌じゃなかったの？」

「私は人を喰う化け物なんでしょう？　そんな女の命を背負うなんて、嫌だと思わなかったの？」

彼が死んだら桜子も死ぬ……それはつまり、彼が桜子の命を背負うということだ。

はっきり問いただすと、友景は怪訝そうに顔をしかめた。

「……ずいぶんあっさり受け入れるんだな。自分が人喰い妖怪だってこと」

「今更言う？　あんたが私にそれを教え込んだくせに」

桜子はいささか呆れた。一昼夜かけて激しい痛みと共に刻まれた。そこまでされてなお、自分は人間だと言えと？

「自分が今まで信じてた自分じゃなかったと無理やり思い知らされたら、普通はもっとそれを拒むものかと思ってな」

と、彼は妙に遠い目で言った。

桜子は小さく首をかしげて自分の心を覗き見た。たしかに自分が化け物だと分かっても、心の中は落ち着いていた。

「だって……私は、自分が化け物だってことくらい、小さい頃から知ってたわ」

そんなことは最初から知っていた。生まれた時から剛力と神通力を持っていて、母を死なせて生まれ、周りの者をたくさん傷つけ、怖がらせた。自分が化け物だなんてこと、最初から知っていた。

「だけどそれでも、私は私を……幸徳井桜子を好きだもの。おじい様の孫で、陰陽師で、触れれば周りを傷つける危険な生き物、それが私。そういう自分を、私は気に入ってるの。だから……妖怪の私も、私はきっと好きになるわ」

腹を括ってそう告げた。どんな化け物に生まれようとも、そう豪語するのだ。こんな自分に生まれなければよかった……なんて言ったら、桜子を可愛がっているみんなはきっと悲しむだろう。だから言わない。

「私を……化け物の私を調伏してくれてありがとう」

　桜子は心からそう言った。さっきまでの人食い衝動を思い出すとぞっとする。あのままだったら私は……

　友景はわずかに目を見開いて、驚きを示していた。そのまま長いこと桜子を見つめ続け……

「……俺の父さんと母さんは人間じゃなかった」

　唐突にそんなことを言い出した。思いもよらぬ告白に桜子は混乱する。

　親が……人間じゃない……？

　どういうこと？　まさかこの男、私と同じ……妖怪の子供!?

　友景はそんな桜子の混乱を意に介すことなく淡々と話を進めた。

「俺は紛れもなく人間の両親のもとに生まれたが、生まれてすぐ妖怪に攫《さら》われて育てられた。たぶん子供を亡くした妖怪で……俺はその子供に似てたのか……誰でもよかったのか……今となっては分からないけど、とにかく俺は妖怪に育てられた。その妖怪は人に似た形をしてて、俺は彼らを父さんと母さんだと思ってたんだ」

　啞然として返す言葉がなかった。自分が妖怪だと知らされた時の十倍は驚いた。

　妖怪に育てられた人間なんて……そんなことがあるのか？　いやでも、妖怪の父親をもって生まれた私が言うことじゃない。

「山奥で父さんと母さんと三人で暮らして……周りにもたくさん妖怪がいたし……俺

は自分を妖怪だと思ってた。彼らの仲間だと思ってたんだな。だけど……父さんと母さんは人喰い妖怪だった」

最後の一言に桜子はぎくりとする。桜子の動揺を、友景も感じ取った。

「分かるだろ？　人喰い妖怪は陰陽師に調伏される。父さんと母さんは殺されて……俺は生まれた家に……柳生家に連れ戻された。九歳の時だ」

そこで友景は自分の手のひらを見下ろした。彼が何を考えているのか、桜子には分からなかった。

「お前は自分を、今でも人間だと感じてるのか？　人の世を自分の生きる場所だと思ってるのか？　俺は逆だ。俺は……自分を人間だと思えなかった。九つまで妖怪として育って、人間とは会ったこともない。柳生の父上と母上を親だとは思えなかったし、兄弟や一族のことも自分の同族だとは思えなかった。妖怪を見ると自分の仲間だと思うし、人の群れの中にいると自分は一人だと感じるんだ。人の感覚は時々難しくて、俺には理解できない。だけど……自分が妖怪じゃないってことも分かってる。人の群れに戻って八年経つのに、俺は……今でも自分が何なのか分からない」

彼は不意に桜子の方を見た。

「お前はきっと、自分が何なのか分からなくなることはないんだろうな……」

口の端に、ほんのわずかうそ寒い笑みが上る。

「人の世に戻されて一年経って、それでもなじめない俺に、父さんと母さんを殺した陰陽師が言ったんだ。自分の孫娘の婿になって、調伏してほしい……ってな」

ん……？　それはつまり……おじい様がこいつの親を調伏した陰陽師だということ……？　おじい様はこいつの親の仇なの……？

友景は桜子の驚きを察したように続ける。

「俺は別にお師匠様を恨んでねえよ。お師匠様は自分の仕事をしただけだ。だけど俺は父さんと母さんに育てられた息子だから、今でも人喰いを悪いことだと思えないし、人喰い妖怪を怖いとも思えない。妖怪が人を喰うことの何が悪いのか……俺は今でも分かってないんだ。父さんと母さんが生き返って……今目の前で腹を空かせてたら、俺はきっと……二人に人間を喰わせてしまうと思う。父さんと母さんが飢えてるのは耐えられない。だからきっとそうしてしまうと思う。家族のために、川で魚を釣ってきたガキと同じような気持ちでな」

彼はそこでいったん深く息をついた。桜子はそこで彼の言葉を吟味する余裕を得て、想像してみた。人喰い妖怪だというお父様が飢えていたら……自分はどうするのだろうか……？

想像をめぐらす桜子の目の前で、友景は皮肉っぽく笑った。

「こんなのどう考えても人間の感覚じゃないだろ？　それは分かってるんだ……俺の

感覚は人としておかしい。そんな奴に居場所を与えるほど人の世は甘くない……俺の居場所はこの世のどこにもないんだろう。だから、求められたところへ流れてきた」

「……それで今ここにいるってこと？」

「ああ」

そんな理由で仇の家に婿入りを……？　しかも嫁になる女は妖怪と人の間に生まれた半人半妖だ。この男はそんな女を嫁にしてでも居場所を求めたのだ。

「……あんた、寂しかったの？」

桜子は彼の顔を覗き込んで尋ねた。友景は一瞬呆け、ふいっと顔をそむけた。

それは半ば肯定しているようなものだった。

「私が飢えてて、人を喰いたいと泣いてたら、あんた私に人を喰わせてくれる？」

探るような問いかけに、彼はちらと目を向けた。

「そうだな……お前が泣いてたら、たぶんそうするだろうな」

「ふうん……じゃあ、あんたが飢えた私に人を喰わせようとしたら、あんたを殴ってでも止めてあげるわね」

そう宣言し、桜子は彼の腕をぐいと引っ張って自分の方を向かせた。

「それでも、どうしてもお腹がすいて人を喰いたくなったら……私はあんたを喰う。あんた以外の人間は喰わない」

　すると友景は大きく目を見開いた。

「俺を喰ったら、お前も死ぬぞ？」

「そうすれば私は他の人を喰わなくて済むもの」

　人を喰った自分を、私はきっと嫌いになってしまう。だから、喰わない。

「……俺に命を預けるって？」

「だって私たち、夫婦になるんでしょう？」

「…………俺でいいのか？」

　今更聞くのか？　自分しかいないと言っていたくせに。あんなに自信満々だったくせに。いざとなったら怖気《おじけ》づいたか？　少々呆れ、腹が立ったが、桜子は少し考えて答えた。

「あんた、吠えたじゃない？」

　突然の問いかけに、友景は怪訝な顔をする。

「波山を飛ばした時、あんた、獣みたいに吠えたでしょ？」

「ああ……」

　ようやく得心がいったらしく、彼は小さく頷いた。

　あの時、桜子は彼を人間じゃないもののように感じた。本当は妖怪変化か何かなんじゃないかと……

「あんた、妖怪の言葉が分かるの？」

「……妖怪の言葉なら人の言葉より分かるよ」

「あれはお父さんとお母さんに教わったの？」

するとは彼は一瞬痛みを堪えるような顔になった。

「…………ああ、そうだよ」

「ふうん……あれね、かっこよかったわ。私、あんたのあの鳴き声、好きだわ。だから、あんたの嫁になってもいいかなって思ったのよ」

そう言った途端、友景は目を丸くし、しばらく硬直して、何故かじりじりと後ずさり、背を向けた。

え、どういう反応……？　泣いてる……わけでもない。何？

予想外の反応にいささか困惑する。

「ねえ、ちょっと景……大丈夫？」

にじり寄って背中をつつくと、彼はいきなり振り向いた。

「よし、外に出よう」

「は？　いきなり何なの？」

「立てるか？」

「立てるに決まってる……」

桜子は言い返しながら立ち上がろうとして――しかし、ぐにゃっと腰が砕けてへたり込んだ。

あ、足に力が入らない……

「体を全部作り替えたから、立ち方を忘れたんだろ。ほら、乗れよ」

と、友景は背を向けて手招きした。

桜子は口をへの字にしてしばしその背を眺め、思い切り体重をかけて彼の背に乗っかった。

「重いな」

「あんたの嫁の命よ、軽いわけがない」

「……そりゃあ重いな」

そう言って友景は立ち上がった。重い重いという割に、軽々と運んでゆく。

「体は辛くないか？」

「疲れてる……汗でぐしょぐしょで臭いし気持ち悪い……お風呂入りたい……」

「そうか、俺は寝たい」

二人してため息をつき、牢を出ていくとすぐ傍の階段をのぼった。

蓋のような扉を押し開けて上に出る。どうやら地下にいたようだと、そこで初めて分かった。上に出ると、そこは黴臭《かびくさ》くて色々なものが詰め込まれている部屋だった。

「あ……ここ、うちの蔵!?」

いったいどこに閉じ込められていたのかと思えば、幸徳井家の庭にある蔵の地下だったのか!

「うちにあんな地下があったの?」

「お前が生まれてすぐに作ったとお師匠様が言ってたな」

その言葉に桜子ははっとする。

「まさか……私を閉じ込めるための蔵なの?」

「ああ、呪符で囲んだ強力な檻《おり》だ」

「ふーん……」

桜子の声は図らずも沈んだ。なんだか嫌な気分……あんまり聞きたくないことを聞かされた気がする。聞かなければよかった? だけど、知らないままでいる自分を想像すると余計嫌な気分になる。

「嫌だったか? お前を閉じ込めるための仕掛けがずっと庭にあったなんて」

友景は桜子を背負って運びながら聞いてきた。彼は怠惰なようで驚くほど桜子の感情に敏《さと》い。

だから桜子は我慢できず、彼の首を絞めるような格好で聞いた。

「あんたさ、おじい様と仲良すぎない?」

「……は？」

「私に内緒でこそこそと色々企《たくら》んで、私が知らないことも全部知らされて、しかも何年も前から……それに、おじい様のことお師匠様とか呼んでさ……」

しゃべっていると、どんどん腹が立ってきた。

「前にも言ったけど、おじい様が可愛いのはあんたじゃなくて私だから！　おじい様に一番信頼されてるとか調子に乗らないでよね！」

「意味分かんねえ……お前が何に怒ってるのか全然分からん。そもそも、自分が地下に閉じ込められたのはいいのかよ」

「それはおじい様が私のために用意してくれた真心でしょ!!　あんたにおじい様の優しさが分かってたまるもんですか！」

がおうと吠えた桜子に、友景はやれやれとため息をついた。

「あのなあ、お前が何に腹を立ててるのか知らんけど、お前は俺と結婚するんだよ。お前はもう俺の式神で俺以外の男を受けつけないし、お前に触って壊れない男は俺以外いないんだから。どういう巡り会わせだか、俺はお前のために神仏が用意した相手なんだろう」

さっきの弱気から一変、彼はいつもの彼らしく平然と言い放った。しかし桜子の機嫌はもちろん直らない。

「何よ、おじい様を私から盗《と》ろうったってそうはいかないんだから」

彼の話をろくに聞きもせずむくれた顔のまま言った。

友景はぐるっと振り向き、心底呆れたような顔をした。

「お前はやっぱり本当に馬鹿で鈍感だ」

お前なんかに言われたくない！　と怒鳴りかけたところで、たどり着いた屋敷の障子が勢いよく開いた。

部屋の中から祖父の友忠が厳めしい顔で現れる。

桜子はおじい様の顔を見て驚いた。

ほんの一日か二日しか経っていないはずなのに、十も二十も老いてしまったように見える。それくらい、やつれている。

髪はぼさぼさで顔色は悪く、目の下には酷いくまがあって一睡もしていないのだと一目で分かった。もしかしたら、飲まず食わずで待っていた？　私のことが心配で、ご飯が喉を通らなかった？

やばい……今ごめんとかありがとうとか言ったら感情が破裂する。

桜子はぎりぎりと歯を食いしばって耐え、ギッとおじい様を睨み上げた。

「年寄りなんだからちゃんと寝ろよ、糞ジジイ!!」

「桜子、口が悪いぞ」

友景が疲れたように咎めるのと同時に、友忠は縁側から駆け下りてきて桜子と友景を一緒に抱きしめた。

「このはねっかえりどもめ！　年寄りの寿命を縮める気か！」

「え、何で俺まで怒られてるんですか？　お師匠様」

「う……うう……おじいさまああああ！　心配かけてごめんねえええええ！」

「え!?　何で泣いてるんだ！　桜子？」

「すまんかったな、桜子……わしはお前に酷いことをしてしもうた。それでもお前をわしの孫として、育てたかったんじゃ。お前がどんな化け物でも、わしは決してお前を哀れだとは思わんぞ。お前はわしの、自慢の孫なんじゃ……ううう……」

「ええ!?　何でお師匠様まで泣いてるんですか？」

「うるさいな！　あんたも泣けよ！」

「ええ……？　いや俺もう寝てえよ」

友景がげんなりと肩を落としたところで、屋敷から使用人の式神たちがわらわらと出てきた。

これで安心して眠れる……桜子はほっとし、友景の背中の上でかくんと気を失うように眠ってしまった。

第四章　陰陽師、河童の導きにて鬼を見つけし語

目を覚ますと、目の前には見知った男の顔があった。

「起きたか、桜子」

名を呼んでくるのは友景だ。

「あ……景、おはよ……」

元気だなこいつ……あれだけ術を使い続けてぴんぴんしているとはどういうことだ。

周りを見ると、いつもの自分の部屋だった。明るさから、明け方だろうと思われる。

桜子はのそのそと起き上がって自分の姿を見下ろした。なんだか体が妙にさっぱりしている。

あれ……？　お風呂入ったっけ？

「式神たちがお前の髪や体をなんだかわしゃわしゃやってたぞ」

友景は桜子の疑問を察して言った。本当に勘のいい奴だ。

「式神たちが清めてくれたのね」

肌も着物もさらさらしていて気持ちいい。ほうっと息をついて肩の力を抜く。

「体に書いた呪符は消さないようちゃんと確認してたから安心しろ」

「ああ、そう。よか……」

そこで桜子は凍り付く。そして真っ赤になり、ぷるぷると震えだす。

「あ、あ、あ、あんた！　また私の裸見たの!?」

「いや、見てない」

「嘘だ！　見た！」

「見てねえよ。呪符を確認しただけだ」

「やっぱり見てるじゃないか！　馬鹿っ！」

「仲が良くて結構だね」

言い争いに突如優雅な声が紛れ込み、二人は同時に振り向いた。

白んだ空が透ける障子の前に、白い狩衣の男が立っている。

「先生！」

「晴明公」

「無事に調伏されたと見えるな」

その物言いにいささかムッとしながら、桜子は姿勢を正した。明け方の幽霊というのは変な感じだ。

「順序が逆になってしまったなあ……父親のことを、知ってしまったのだろう？」

晴明は流し目で問いかけてくる。ピリッと空気が引き締まるのを感じ、桜子は頷く。

「先生は、どうして私のお父様をご存じなのですか？」

かの偉大なる陰陽師安倍晴明が桜子の目の前に現れたのも、師となり陰陽術を教えてくれたのも、全て桜子の父親が理由だろう。彼もまた、桜子を危険物として見張っていた一人に違いない。

しかし、ならばなぜ、彼は桜子の父を知っていたのだろう？　いったいどういう繋がりがあるのだろう？

「お前の父、白面金毛九尾の妖狐を誰が退治したか知っているか？」

怪しい流し目で晴明は桜子と友景を見やる。友景がわずかに首を傾けて答える。

「晴明公の子孫……と、伝わっていますが……」

桜子も同時に頷いた。

それは有名な伝説だ。桜子もよく知っている。それにしても……自分がその伝説に出てくる大妖怪の娘とは……今考えても嘘みたいだ。

晴明は愉快そうに首肯する。

「ああ、お前たちの認識は間違っていない。指神子《さすのみこ》と呼ばれた我が子孫、安倍泰親《やすちか》が妖狐を退治したと伝わっているな？」

「え？　いや……その息子の泰成《やすなり》様が退治したと伝わっていますね」

友景が逆側に首を捻《ひね》って訂正すると、晴明は憤慨したように眉をひそめた。

「それは間違いだ。退治したのは泰親である」

「はあ……そうでしたか、まあどちらでもいいです」

友景は覇気も関心もない無味乾燥とした言葉を返す。晴明はますます立腹したらしく眉を吊り上げた。

「よくはない。退治したのは間違いなく泰親である。何故なら泰親は私の生まれ変わりだからだ。安倍泰親として九尾の妖狐を退治したのはこの私だ」

その言葉に桜子と友景はしばし停止した。

「何だ？　驚かんのか？」

晴明はつまらなそうに言った。

「いや、驚いてますよ」

友景はやはり無感情に答える。対する桜子は驚きすぎて言葉が出なかった。

それはつまり……先生は、私のお父様の……仇……？

「ふん、そうか。まあいい……今より五百年近くも昔の話だ。私は己の子孫として生まれ変わった。大陸より渡ってきたあの忌々しい妖狐の存在を感じ、奴を倒すために死霊の身から一時輪廻《りんね》の輪へと戻ったのだ」

晴明は冷ややかな眼差しで遠くを見た。

「私は人の世など滅びたところで構わぬし、人間を守ろうなどという気は一切ない。私ほど人間を嫌う者もそうはいないだろう。人など、虫けらと変わらぬ。だがな……私が仮初にでも守ってきたこの都でよそ者が暴れるのを見過ごせるほど、私は心の広い男でもないのだ。私の庭で何を暴れおるかこの狐が！　ということよ」

傲然と言い放つ晴明は人間離れしているようでもあったし、また、人の強欲を一身に集めたかのようでもあった。

人間と、白狐葛の葉の間に生まれたと伝わる陰陽師・安倍晴明……

そうか……この人は私と同じ……人と妖狐の間に生まれた半人半妖なのか。唐突に気づき、奇妙な安心感が湧く。

彼の言葉を信じるなら、安倍晴明はお父様の仇だ。けれど……この人より桜子を理解できる人はきっといないだろう。桜子と同じように生まれ、育った、陰陽師――

桜子の眼差しを受け、晴明は不意に笑った。

「九尾の妖狐は真正の化け物だ。この国を滅ぼすほどの怪物だった。まあはっきり言うが、私の力が及ばぬほどの怪物であった。故にな、私は師である加茂家を生贄《いけにえ》に捧《ささ》げて九尾の妖狐と縁のある神仏の力を借り、奴の尾を叩き切ったのだ。そのために加茂家は血が途絶えた。お前の父のせいで加茂家は……勘解由小路家は滅んだのだ。あの狐はそこまでせねば封じることすらできぬ怪物だった」

ごくり……と、桜子は唾を呑んだ。

「桜子よ、私は前に言ったな？　この異変はお前が解決すべきものである……と。その理由を教えてやろう。この都の異変を引き起こしているのは……あの百鬼夜行の後ろにいるのは……お前の父だ」

うっすらと笑みを浮かべながら晴明は言った。

こういう時、どう反応するのが正しいのだろう？　桜子はただただ呆然としてしまい、まともに反応できなかった。

お父様はずっとそばにいなかった。だから桜子はどう反応するのが娘として正しいのか分からない。

「九尾の妖狐から切り落とした尾は八本。それは今も各地に隠され、厳重に封じられている。一尾となり無力な獣に成り下がったあの狐は、力の源である尾を取り戻そうとしておるのよ」

「え……もしかして、あの百鬼夜行はお父様のしっぽを捜している……？」

桜子の推察に、晴明は満足げな笑みを浮かべる。

「桜子、お前に与えた試練は終わっておらぬぞ。百鬼夜行を止めてみせろ。都に平穏を取り戻せ」

「晴明公、それはつまり、桜子に父親と敵対しろと仰せですか？」

軽く片手をあげ、友景が口を挟む。

「何の不満がある？」

晴明はにやにやと意地悪そうに笑っている。

「くく……桜子が不憫《ふびん》か？　憐れか？　父と娘を争わせるなど可哀想だと？　誰が誰を憐れんでいるのだ、痴《し》れ者《もの》が。妖怪にもなれず、人の世にも戻れぬ惨めな小僧が。半人半妖である我らより、お前の方が遥かに歪《いびつ》だ。お前の体は紛れもなく人間だというのに……お前は死ぬまで人間には戻れぬのだろうよ。そのようにみすぼらしい生き物が、我らのことに口を挟むな。お前はおとなしく桜子の檻でいればいいのだ。お前にはそれしかできぬ」

「先生、意地悪が過ぎます！」

桜子は目を吊り上げて咎めた。すると友景はぽんぽんと桜子の肩を叩いた。

「おちつけ桜子。晴明公、ありがとうございます」

と、彼は拳を床について頭を下げたのである。

晴明も桜子も同時にきょとんとした。

「でもまあ……あまり褒められると恐縮するのでほどほどに願います」

などと、照れくさそうに頭を掻く。

「……いや……褒めてねーよ!!」

桜子は唖然として怒鳴った。

「それはさておき話を進めましょうか」

さておくんじゃねえ！　と桜子は再び怒鳴りかけたが、その前に友景は話し出した。

「桜子、お前はどうしたい？」

「え、え？　何が？」

「お父上をどうしたい？」

急に真面目な顔をされて桜子はたじろぐ。しかし考えると答えはすぐに出てきた。

「会いたい」

一番先に思い浮かぶのはそれしかなかった。一度も会ったことのないお父様に会ってみたい。どんな人……いや、どんな狐なのか知りたい。

伝説の大妖怪、白面金毛九尾の妖狐。それがどうして人間との間に子を作ったのか……母の雪子はどうして父と出会ったのか……知りたい。

「お前のお父様が悪い人喰い妖怪だったらどうする？」

「え……お父様が人喰い妖怪だったら……？　一緒には……暮らせないわよね……おじい様食べられちゃうし……」

とっさに考えて出てきた答えに、友景は小首をかしげた。

「代わりの人間を捕まえて喰わせてやろうとか……思うか？」

「…………はあ!? 思うわけないだろ！ 馬鹿か!!」

理解の埒外《らちがい》にある発想に、桜子は思い切りのけぞった。

「お前は人じゃないのに、人の善悪で物を見るんだな」

何だそれは……ああ、そうか……この男は人間のくせに、人の善悪が分からないのだ。人を喰うことが悪いと思えないと言っていた。そしてそれは、彼の罪ではない。

そう思い、ふと閃くように気が付いた。

「あんた、妖怪が好きなのね」

率直に聞いた。今まで見てきた彼のことを今更ながら思い浮かべる。

妖怪に攫われて育てられ、人を仲間とは思えず、かといって妖怪にもなれず、自分が何者かも分からず……と、彼は言うが、話はもっと単純なのだ。

どうしてあんなに小物妖怪たちを凝視するのか……どうして体を張って波山を助けたのか……どうして命を懸けて桜子を封じたのか……

「あんたはただ単に、人間より妖怪の方が好きで好きでしょうがないんだわ」

彼の心の底にあるのは、ただそれだけのことなのだ。

「簡単に言うなよ」

「簡単なことよ。あんたがややこしくしようとしてるだけで、簡単なことなのよ。あんたが妖怪を好きで、腹を空かせてしくしく泣いてる人喰い妖怪に人間を喰わせてやりたいと思ったからって、誰があんたを責められるっていうの。あんたの嗜好《しこう》を正義で捻《ね》じ曲げようなんて、そんなのもう暴力だわ。あんたは何を好きだっていいのよ。想《おも》うだけなら人は死なないし、金だってかからないんだからね」

「簡単に言うなって言ってるだろ」

友景はどこまでも頑なだった。桜子は眦を吊り上げ、友景の胸をどんとどついた。

「何ふてくされてるのよ。あんた私の旦那になるんでしょ？　だったら腹括りな。こんな人喰いの化け物を嫁にして平気だなんて、誰が見たってまともじゃないよ。あんたはまともじゃない。化け物の私より、あんたの方がずっとまともじゃない。だけど、今更人の世でいい子にお座りしてるなんて、どうせあんたはできないんでしょ？　だったら、まともじゃない自分でいることに腹括りな」

するると友景は啞然としたように言葉を失った。

「まともじゃない者同士、一緒にいるにはちょうどいいわよ」

桜子は自分と彼を交互に指さす。そんな桜子をまじまじと見やり、友景はうっすらと口を開いた。

「何でお前はそこまで腹を括れるんだよ。お前は……自分を怖いと思うことはないのか？　俺は時々、自分が怖くてたまらなくなる」

零すように言い、彼は表情を歪めた。

問われた桜子は思わず苦笑する。答えは一瞬で出てくる。

「私が私を怖くないかですって？　馬鹿か、そんなもの……怖いに決まってる。自分なんて、鬼より妖怪より油虫より怖くて当たり前だ。自分の人生を自在に動かせる唯一の存在を、怖くない方がどうかしてる」

そして彼の喉元を指先で突いた。

「自分を怖いと思わないのかですって？　そういうあんたこそ、本当は自分を怖いなんて思ってないんでしょ。あんたが怖いのは、まともじゃない自分を本当は全然怖いと思えないことなんでしょ。あんたは自分を大事にしないから、自分を怖いと思えないのよ。もっと自分を怖がりな！　あんたにはその価値があるんだから」

少なくとも桜子はそれを知っている。呆けている友景の顔をまじまじと眺める。

不意に、どうして彼は私の前に現れたんだろう……？　と思った。私を人の世に繋いでおける唯一の男が、こんなにも都合よく現れるなんて……こんなことが本当に起こるのだろうか？　これはもしかすると本当に、神仏のお導き……？　だけど……

「あんたが強くて、お人よしで、寂しかったおかげで、私はあんたに出会えたけれど……あんたは強くて、お人よしで、寂しかったせいで、会ったこともない化け物の婿にさせられたのね」

突然申し訳ないような憐れみのような気持ちが湧いた。しみじみと同情の目を向けると、放心していた友景が急に脱力し、深々とため息をついた。

「桜子……お前は本当に……馬鹿で鈍感だ」

「は？　喰われたいのかあんたは」

桜子は反射的に目を吊り上げて言い返した。

何でこいつはいつも人を馬鹿だの鈍感だのって……

腹を立てる桜子に、友景はまたため息をつく。

「もういいよ、お前はそういう奴だよ。馬鹿で鈍感で鈍感で馬鹿なんだよ。あと、俺のこと全然分かってねえ」

「はあ？　どういう意味よ」

「俺がお人よしだなんて……本気で思ってるのかよ。そんなものを不用意に信じてたら、また裏切られて痛い目を見るぞ」

脅されて、桜子は目をぱちくりさせた。

「あんた、私を裏切るの？」

「さあね」

「ふうん……いいわよ、別に裏切っても」

その返答に、今度は友景が目をしばたたく。

「……いいのかよ」

「いいわよ、だって……何度裏切っても、あんたは私の味方でしょ？　だから私を傷つけたりしないと思うわ」

「……裏切る奴は味方じゃねえだろ」

友景は呆れたように言った。

「裏切り者が必ず敵だなんて、誰が決めたのよ。言ってみなさいよ」

「桜子、これは常識って言うんだぞ」

「はあ？　あんたが常識を語るんじゃないよ」

「ふむ……それもそうだな。まともじゃない俺たちが常識を語るなんて馬鹿げているよな」

「そうよ、馬鹿げてるわ」

何となく話にけりが付いたその時、二人のやり取りを黙って見守っていた幽霊――安倍晴明が突然笑い出した。

「はははは！　穢《けが》れを知らぬ悍ましい餓鬼どもめ。あまり愉快なことを言うでないわ。笑わせるな」

二人は同時にびくっとした。失礼ながら、晴明がいることを一瞬忘れていたのだ。見られて困ることは何もないけれど……何となく気恥ずかしい気がする。

晴明は意地悪く笑いながら二人の顔を順に見やる。

「まともではない化け物の餓鬼どもよ、それでどうするのだ？　都の怪異の裏にいる九尾の妖狐を、退治する覚悟はあるのか？」

改めて聞かれ、桜子は友景と顔を見合わせた。

「俺は無理だ」

友景は桜子に先んじて言った。

「早いな……いきなり弱音吐かないでよ」

「お前の言う通り、俺はまともじゃないからな……腹を括るよ。お前の父親がどれほど人を喰おうが、どれだけ都に被害が出ようが、無理だ。俺はお前の父親を殺せない。いや……妖怪は殺せない。お前たちが、通りすがりの人の子を殺せない……ってのと同じように無理だ」

「だろうね、知ってる。だけど、私はお父様の非道を放っておけないわ。好きなだけ暴れて人を喰えなんて、口が裂けても言えない。私は陰陽師で、京の平安を守らなくちゃならない」

「じゃあどうする？」

真っすぐ問われ、桜子は考え込んだ。

人喰い妖怪である父を……生かすべきか、殺すべきか……

私だって……お父様を殺したくなんかない。お父様を殺すなら、私だって死ぬべきなのだ。同じ人喰い妖怪なんだから……だけど……人を喰いさえしなければ……私たちは共存できる……？

そこで稲妻のように閃いた。

「……ねえ、景。お父様をあんたの式神にしてしまえば？　私にしたのと同じように。お父様は今、しっぽを八本失って弱ってるんでしょ？　だったら、捕まえて式神にできるんじゃないの？」

「……それは無理だ」

「無理なの？　あんた私を式神にしたじゃない」

弱っている妖狐一匹くらい、簡単に支配できるんじゃないのか？

「無理だ。時間が足りない」

「時間？　どのくらい？」

「……たくさんだよ。間に合わない」

「そうなの……じゃあ、どうしたらいいのかしら……」

がっかりと肩を落として桜子はまた考え込んだ。

「……捕まえるってのはありかもな」

同じく考えていた友景がぽつりと言った。

「そりゃまあ、捕まえられればお父様が百鬼夜行を操って都を荒らすのを、止められるでしょうけど……」

「いや……そんなことより、いちおう義父になるんだから挨拶しないと」

「それこそどうでもいいわ」

桜子は呆れて足を跳ね上げ、友景の膝を蹴った。

「痛いじゃねえか。ご両親への挨拶は人として当たり前のことだろう？　俺はいちおう人間だぞ」

友景は自分の胸を押さえて言い放ったが、どの口が言いやがるかと桜子は呆れた。彼が人間として当たり前のことをするなんてちゃんちゃら可笑しい。

「挨拶したいなら勝手にしなさいよ。私はお父様に色々問いたださないといけないことがあるんだから、あんたの挨拶なんかどうでも……」

そこまで言った時、突然眩暈がして、桜子はばったりと褥に倒れた。

「大丈夫か？」

友景と晴明が心配そうに顔を覗き込んでくる。

「お……お腹すいた……冷たい瓜食べたい……」

ぐうぐう腹を鳴らしながら、桜子は呟いた。

それから丸五日、桜子は屋敷から出ることを禁じられた。

さすがに心配しているおじい様を裏切ることもできず、部屋の中でおとなしく過ごしていた。

「たいくつすぎる……」

桜子が縁側に座ってぼけーっとしていると、目の前で波山の傷跡の状態を見ていた友景が振り向いた。

「勝手に出て行こうなんて考えるなよ。俺はお前がどこに行っても分かるからな。まばたきする間に連れ戻してやる」

「分かってるわよ」

桜子は頬を膨らませて空気を蹴った。

友景はまた何か言い返しかけたが、そこで急に庭を囲む塀の方を向いた。

「……何かいるな」

「何か？　何よ？」

友景は答えず庭を走り、塀の上に軽く跳躍した。それを眺めていた桜子は、彼の表情が変わるのを見て立ち上がった。

友景の目は妙に生き生きと輝いていた。まさか……

桜子はすぐさま塀に駆け寄り、彼の隣に飛び乗った。塀の下を見ると——

「紅姐さん！」

そこには友人でもある易者の紅が立っていた。

「姐さん、どうしたの？」

桜子はぴょんと勢いをつけ、彼女の前に飛び降りた。

「ああ、桜子さん。あれから全然便りがないから、どうなったのかって……」

紅はそこで言葉を切り、たちまち青ざめた。

「桜子さん……あの小僧に体を許しちまったのかい!?」

その物言いに、桜子は一瞬きょとんとし、たちまち真っ赤になった。

「し、してない！」

「だってここに、あの小僧を入れてしまったんだろう？」

紅は桜子の心臓のあたりに触れた。

「あの小僧の支配を受け入れたんだろう？」

桜子はぎくりとした。支配を受け入れた……？　彼女は桜子が式神になってしまったことに気付いているのだ。それはつまり——

「……姐さんは私が人間じゃないこと、知ってたの？」

紅は静かに頷いた。

「私も易者のはしくれだからね。最初に会った時は、私を喰いにきたのかと思ったよ。桜子さんは酷くお腹を空かせていただろう？　だけど少し話せば、この子は自分が人じゃないことを知らないんだって分かったよ」

「あ……だから姐さんは、いつも私にたくさん食べさせてくれたの？」

「桜子さんはいつもお腹を空かせていたからね」

　紅は桜子の髪を撫で、口惜しげに顔を歪めた。

「こんな酷いことするなんて……あの小僧はやっぱり桜子さんを裏切ったんだね」

「それは違うわ、姐さん！　あいつは私を助けたのよ。私のために、自分の一生をくれたんだわ」

　はっきりと反駁《はんばく》した桜子に、紅は悲しげな顔をした。彼女の美しい顔がそんな風に歪むのを見て、桜子の胸も痛くなった。

「姐さんは私を心配して、あのとき忠告してくれたのよね？　今日だって、私を心配してわざわざ来てくれたんでしょう？　あいつも姐さんとおんなじなのよ。あいつも私のことが好きだから、私を助けてくれたの」

　途端、どさっと音がして塀の上から友景が落ちた。

「え？　景、大丈夫？」

「……桜子、お前……今の本気で言ったのか？」

彼は倒れたまま聞いてくる。

「今のって……あんたが私を好きだってこと？　だってあんた、妖怪は全部好きなんでしょ？　違うの？」

するると彼はたちまち渋面になり、のっそりと起き上がった。

「お前は本当に……馬鹿で鈍感だ」

声にわずかな腹立ちが混じる。

「何よあんた、何怒ってるのよ」

「もう知らん」

ぷいっとそっぽを向く。何だ？　何故すねる？

訳が分からなくて戸惑う桜子と、ふてくされる友景を見やり、紅は淡い吐息を漏らした。

「……桜子さんが納得してるなら……仕方がないね」

そう言って、彼女はまた桜子の頬を撫でた。

「元気そうでよかったよ。また、遊びにおいでね」

優しく微笑み、ひらりと手を振って立ち去ろうとする。

「送るわ、姐さん」

桜子は久々に外の空気を吸って気を良くし、紅の後を追いかける。

「お師匠様に怒られるぞ」

言いながら、友景もついてきた。

五日ぶりの街を歩き、紅を家まで送ると、桜子はあちこち寄り道しながら屋敷への道をたどる。

「京の町ってのは、戦続きだったろうにずいぶん綺麗だよな」

隣を歩く友景が不意に言った。

「ああ、十年くらい前に、全部綺麗に建て替えたからね」

「へえ？　そうだったのか？」

「そうよ、平屋も全部二階建てになったの。草葺《くさぶき》平屋は悪《あ》しき家だからぶっ壊せーとか言われてね」

京の町は太閤秀吉によって大々的に整備され、今現在は板葺二階建ての町屋が整然と並ぶ美しい街並みになっている。

「俺は初めて京に来たのが七年前だから、知らなかったな」

「ああ、そうなの？　あんた京に来たことあったのね」

「しょっちゅう来てたよ。あちこちうろついてた」

「へー……」

取り立てて大きな感想もなかったので、桜子は適当な相槌を打って話を終わらせた。

すると友景は不満げな顔で桜子を見やる。

「お前は、ちょっと鈍感すぎないか？」

「だから何がよ」

「もういいよ。ところで……これはさすがに気づいてるよな？」

彼は今までと変わらぬ淡々とした口調でそう聞いてきた。

「もちろん気づいてるわよ。あんたも気づいてたのね？」

「まあな」

そこで二人は千本通にある幸徳井家の屋敷の前にたどり着いた。周りに人はいない。

「俺がやろうか？」

「私にやらせてよ。自分が今まで通りやれるのか、確かめたいわ。力を振るってもいいんでしょ？　ご主人様？」

揶揄するように問いかけると、友景はいささか呆れたように頷いた。

「心にもないこと言いやがって」

「心はどうあれ、今の私はあんたの式神だからね」

桜子は気合を入れるように拳を鳴らし、振り返った。

それと同時に、それは襲いかかってきた。

禍々しい緑の体からぼたぼたと水滴を滴らせた異形の妖怪である。

屋敷を出た瞬間からずっと怪しい視線を感じていた。最初は紅が目をつけられたのかと思い、送ることを申し出たのだが……しかしその視線の主は、紅ではなく桜子をずっと追いかけてきたのだ。

桜子は懐から呪符を取り出して構えた。

「どうして私を追いかけてきたのか知らないけど、最初の練習台になってもらうよ！奇一奇一たちまち雲霞《うんか》を結ぶ、宇内八方五方長男、たちまち九籤《きゅうせん》を貫き、玄都に達し、太一真君に感ず、奇一奇一たちまち感通、如律令!!」

桜子は今まで幾度となく唱えたのと同じように、呪文を唱えて呪符を放った。太一真君——神道でいう天御中主神の神通力を得る呪文。

たちまち神気の渦が生じ、襲いかかってくる妖怪を弾き飛ばす。そして桜子の放った呪符から只人には不可視の注連縄が現れて、その体を縛り上げた。

桜子は縛られた妖怪を見下ろす。自分を狙ってきた敵を威嚇する険しい目つきだ。

しかしそこで、

「……河童《かっぱ》だな」

後ろにいた友景がぼそりと言った。

桜子の肩がぴくっとはねる。

「……名前なんかどうでもいいわよ」

「いや、だって河童だろ。可愛いな」

目の前にいるのは紛れもなく、力尽きた河童だった。手足が短く愛嬌《あいきょう》があり、真ん丸な目が可愛らしい。とても恐ろしい妖怪には見えない。

「お前、百鬼夜行の中にいた妖怪だよな？」

河童をまじまじと見ていた友景が言った。

「え？　本当？」

「いたよ。俺が妖怪を見間違えるわけないだろ」

彼は当然のように言ったが、桜子は覚えていなかった。

二百を超える妖怪のなかの一匹を覚えてるって……この男は本当にどれだけ妖怪が好きなのか……それにしても、百鬼夜行に河童って！

桜子はうっかり笑いそうになったのを誤魔化すようにごほんと咳払《せきばら》いし、厳めしい顔を作ってみせる。

「お前、どうして私を襲ってきた？　何が目的だ？」

しかし河童は答えない。

「おとなしくしゃべるなら見逃してやってもいい」

「……放せ……解放しろ……」

そこで急に河童は言葉を発した。

しゃべった……ちゃんと言葉は通じるようだ。

ならば話は早いと桜子は河童の顔を覗き込んだ。

「おとなしく吐け。これ以上痛い目に遭いたくないだろう？」

「……かえせ……解放しろ……」

「だから、帰りたいなら……」

「かえせええええええええええええ!!」

突如河童は激昂した。河童の激昂を桜子は初めて見た。

ぎょっとして立ち尽くす桜子の前で河童は暴れる。注連縄はますます強く河童の体を締め付け、河童の皮膚から血が滲んだ。

「お前、あんまり暴れると……」

桜子が咎めるのと同時に、注連縄が突如切れた。

「え……？」

放心する桜子の目の前で、河童は自由を得る。しかし酷く弱っているのか、地面に這いつくばって動けない。カチンと刀を納める音がして、ようやく桜子は友景が注連縄を断ったのだと気が付いた。

「ちょっ……！　あんた何……」

桜子は驚いて怒鳴りかけたが、友景はそれを無視して河童の前にしゃがみこんだ。

「帰りたいじゃなく、返してほしいって言ってるのか？」

友景は低く優しい声で尋ねた。

かえせって……帰せじゃなく、返せってこと……？

「……宝を返せ……」

河童はまた呻いた。

宝……百鬼夜行が繰り返していた言葉だ。

「分かった、返してやる。宝ってのは何だ？　俺が取り戻してやるから、もう暴れるな。痛いだろ？」

友景は優しく話しかけるが、河童はぴくりとも動かなかった。注連縄で縛られただけでここまで弱るものだろうか……？

すると友景は、急に河童を抱えて立ち上がった。そして軽々と屋敷の塀を越えて中に入ってしまう。

桜子は慌てて後を追った。私たちに正門を使うという習慣はないのかと、いささか自分に呆れながら。

追ってゆくと、友景は庭にある池に河童を放り投げた。河童はいったん池に沈み、ぷかっと浮かんでくると――

「ぶはああ！　生き返ったあああ！」

突如大声と共に水から顔を上げた。

「やいやいてめえら！　こんなもんでおいらが礼を言うなんて思うなよ！　尻子玉抜くぞこのやろー！」

池からぴょんと飛び出してきて喚く。

「へんっ！　おめえらなんか怖いもんか！　尻子玉抜くぞちくしょーめ！」

「……うるさいよ、黙りな」

桜子は思わず低い声で言った。河童はひえっと飛び上がって嘴を押さえる。

桜子は友景を押しのけて河童に近寄ると、その小さな体をどすっと踏みつけた。

もちろん、最大級の手加減をして——だ。こんな弱っちい生き物はちょっと力を入れたら壊れてしまうに違いない。だから怪我をさせないよう細心の注意を払う。

「私が怖いか？」

桜子は河童を見下ろして詰問する。

「ひえっ……こ、怖くなんかないやい！」

桜子は更にぐっと強く踏みつける。怪我させないぎりぎりの強さで。

「私が、怖いか？」

「ひいいいい……こ、怖いです」

「ああ、そうだ。私は怖くて危険な生き物だ。私が怖いなら、言うことに従いな」

河童は青い顔で……もともと青いが、更に青い顔でこくこくと頷いた。

桜子はそこで河童を許し、足をどけた。

「それで？　お前はどうして私の後をつけてきた？」

「……どうやってって……おめえからする狐のにおいを追ってきたんでい」

くんくんとにおいを嗅ぐ仕草をされて、桜子は思わず身を引いた。いや、どうやってと方法を聞いたんじゃない。どうしてと理由を聞いたのだ。……狐のにおい？

「ああ、確かに桜子は狐くさいな」

友景が追い打ちをかけてくる。

「き、狐くさい……」

だから狐のにおいってどんなのよ！　え、臭いの!?　私臭いの!?

ちょっと焦って冷や汗が出る。

「まあそれはどうでもいいとして……」

「どうでもいいわけあるか！」

乙女を狐くさいとか言っといて勝手に話を終えるな！

「俺は狐くさいの好きだから別にどうでもいいだろ。なあ、河童。お前に名前はあるのか？」

人をさんざん弄んだ挙句、友景は河童に問いかけた。いろんな意味で赤くなってぷるぷる震える桜子は、それ以上何も言えなかった。

「おいらの名前は河童の五郎だい！」

河童は胸を張って名乗った。

「そうか、じゃあ五郎。俺に話を聞かせてくれるか？　お前は……百鬼夜行は何のために京へやってきたんだ？　どうして都を荒らす？」

すると河童の五郎は警戒するようにじりっと身を引いた。

「そんなこと聞いて、おいらをどうしようってんだ？　ただではやられないぜこんちくしょー！」

猫なら全身の毛を逆立てていただろう。五郎はそれくらい怯えていた。

大声に気付いた式神たちが、わらわらと姿を現し困惑している。

これ以上五郎を脅しつけるのは逆効果になりそうだ……と、桜子が渋面になったところで、友景がすっくと立ちあがった。そしていきなり袴を脱ぎ、小袖を脱ぎ、褌《ふんどし》だけの格好になったのである。そしてさらに褌をほどこうとしたので――

「ぎゃあああああ！　何やってんだ馬鹿！」

桜子は褌からのぞく彼の尻に、思い切り回し蹴りを食らわした。それはもう、大妖怪の血を引く剛力で、容赦なく蹴ったのである。だというのに友景は、いてえと呟いてわずかにつんのめっただけだった。

こいつの足腰どうなってるんだ！　桜子はわなわなと震えながらもう一回足を振り上げたが、ふと気が付くと、五郎のつぶらな瞳から警戒の色がわずかに消えていた。

「な、なんでいなんでい……そんなんじゃ騙《だま》されねーぞ」

「少しでいいから信じてくれ。俺がお前を傷つけるそぶりを見せたら、すぐに尻子玉を抜いてくれていいからよ」

その言葉に桜子はのけぞった。

こ、こいつ……河童に尻子玉を抜かせるためにそんな格好をしてるのか！　馬鹿なのか!?

もはや眩暈すらし始めた桜子だったが、五郎の表情はみるみる軟化してゆく。

わ、私の脅しが……こいつの褌一丁に負けた……だと……？

へたり込んだ桜子の隣に、褌の友景が胡坐をかく。どういう光景だ……？

「聞かせてくれよ。どうしてお前たちは京にやってきたんだ？」

格好はヤバい男だったが、彼の声は優しかった。故に余計ヤバさが際立ち、幸徳井家の庭園は奇妙に現実離れした空間になった。河童、褌一丁、狐くさい、式神わらわら……天地開闢《てんちかいびゃく》の混沌《こんとん》を思わせる異空間だ。

その異空間の中、しばし黙り込んでいた五郎だったが、ようやく腹を括ったのか、

「お、おいらたちは鬼を捜してるんだ」

ぶるぶると震えながら言った。

「鬼ですって？」

桜子は眉をひそめて聞き返した。鬼……それもまた、百鬼夜行が幾度となく繰り返していた言葉だ。

「ああ、この世のものとは思えない、怖え鬼だ。おいらたちはそいつを捜すためにここまで来たんだ」

「妖怪が集って、何のためにその鬼とやらを捜しているのよ」

桜子が問い詰めると、五郎はまたぶるぶる震えながら嘴を開いた。

「あいつは本当に恐ろしい鬼なんだ……あいつはおいらたちの大事な大事な宝を盗《と》っていった……だからおいらたちは、宝を取り戻すために鬼を捜してるんだ」

そういうことか……！　ようやく百鬼夜行の存在理由が分かり、桜子は瞠目《どうもく》する。

鬼に盗られた宝を取り戻す——夜な夜な都を徘徊《はいかい》する妖怪たちは、そのために動いているのだ。

「そうか、じゃあなんで桜子を襲った？」

そこでふと友景が聞いた。

確かにそうだ。鬼を捜す妖怪がなぜ私を襲う？

怪訝な顔をする桜子を、五郎は怯えながら睨む。

「お、おめえは……あの夜おいらたちの前で変化したじゃねえか」

「……ああ、私は確かに、お前たちの前で妖怪に変化したね」

桜子は静かに頷いた。五郎はびくつきながらまた嘴を開いた。

「そうだ……おめえはあの夜、寺を襲っただろ。あの寺から、あの時たしかに鬼のにおいがした。ほんのちょっとの間だったけど、確かにした。おめえが襲ったあの寺に、鬼が隠れてやがるんだ！」

私が鬼の隠れる寺を襲った……？　記憶はぼんやりしているが、寺を襲った覚えはある。なんだか気になるにおいがして……引き寄せられるままに襲ったのだ。あの寺に、妖怪たちの宝を奪った鬼が隠れている……？

「ずっと捜してた鬼を、やっと見つけたんだ。だからおいら、おめえを見張ってた。おめえをとっ捕まえて、鬼の屋敷に連れていこうと思ってな」

「何で私を？」

鬼の棲家《すみか》に桜子を連れていったところで何の益があるのか理解できない。

「おめえを連れていけば、宝を取り戻せると思ったんだ！」

五郎は声を荒らげた。決死の表情で、強く訴えてくる。

「おめえが行けばきっと、鬼は宝を返してくれるってな！」

「え？　何で？」

「…………おめえが……九尾の妖狐の娘だからだ！」

河童はだらだらと汗をかいて叫んだ。もっとも、それが汗なのか池の水なのかはたまた別の何かなのか、桜子には判然としなかったのだが。

ただただ、桜子は突如出されたその名に放心した。

五郎が桜子を九尾の娘と知っていたことは驚くに値しない。目の前で変化したその姿を見れば、容易《たやす》く分かることだろう。

桜子が驚いたのはそのせいではない。驚いたのは……

「ねえ、その鬼というのはもしかして……私のお父様、九尾の妖狐……なの？」

娘である桜子が行けば、宝を返してくれる……ということか？

ばくんばくんと奇妙に心臓が躍る。

桜子はなるだけ平静を装って聞いた。妖怪がここまで怯えるほどの鬼――それが他にいるだろうか？　何より、あの安倍晴明が、この怪異の裏には九尾の妖狐がいると確かに言ったのだ。百鬼夜行を操っている黒幕ではなく、むしろ敵……百鬼夜行の恨みを買うものとして、この怪異の裏にいるということか……？

問われた瞬間、五郎は足先の水かきから頭の皿まで震えあがった。

「だ……だったら……どうするってんだ？」

さざ波のような声で問い返してくる。

桜子の腹はぎりぎりと痛んだ。しばし息を止め、深く息を吐きながら拳の力を抜く。

「お父様はお前たちから宝を盗み、お前たちはそれを取り戻すために京へやってきた……ということ？　もしかして、その宝というのは……九尾の妖狐のしっぽ？」

奇妙に冷え冷えとした声が出て、それは余計に五郎を怯えさせた。

「だ、だったらどうするってんだ！」

「それでお前は、今も私を鬼のもとへ連れていこうとしてるのか？」

しかしそこで、五郎は力なく俯《うつむ》いた。

「……仲間たちは……そんなのあてにならねえって……自分たちだけで、鬼の棲家に突入して宝を取り戻すって……」

口惜しげなその言葉に、桜子はひやりとした。

「それはいつなの!?」

「ま、満月の晩に……」

「満月？　満月って……」

「今夜だな」

友景がぼそっと言った。

「今夜じゃねーか！」

桜子も叫んだ。

「仕方ないね！　そいつらが鬼にやられる前に、私たちで宝を取り戻すよ！」

舌打ちまじりに言うと、五郎の瞳が輝いた。

「ち、力を貸してくれるってのかよ」

桜子は五郎の首をむんずと掴み、牙を剝いた。

「あんたらのためじゃない。私はお父様に会いに行くだけだ」


日が落ちると、桜子は新しい巫女装束に着替え、京の町へと繰り出した。

空には大きな満月が浮かんでいる。

人に見つかると面倒なので、屋根の上を跳んで行く。桜子の隣には友景がぴったりついてきており、そして河童の五郎が彼に背負われていた。

陰陽師に背負われた河童……絵にしたら後世に残りそうだ。

「あんたは来なくていいんだよ？」

「冗談じゃねえ！　おいらの宝を取り戻すんだからな！」

五郎は水かきのついた短い手でぱしぱしと友景の背中を叩く。

「それじゃあせいぜい、鬼に喰われないよう気をつけな」

その鬼がつまり、桜子の父である九尾の妖狐なのだ。しかし、分からないことが一つある。百鬼夜行は九尾の妖狐を捜して京の町を荒らしていたとして……猪笹王と波山は……？　無残にも全身傷だらけになったあの二体の妖怪は、いったい何だったのだろう？　あの傷も、九尾の妖狐がつけたものなのだろうか……？　戦いを挑み、返り討ちにあった……とか？

「……ねえ、そもそもあんたはどうして宝を取り返そうとしてるの？」

宝というのが九尾の妖狐のしっぽだとしたら、百鬼夜行は何故それを取り返そうとしているのだろう？　彼らにとって妖狐のしっぽは、そんなにも大切なものなのだろうか？

いや……もしかすると逆なのかもしれない。妖怪たちにとっても、国を壊しかねない九尾の存在は脅威だろう。ならばその力の源であるしっぽを、災厄の象徴……悪しき宝として封印していた……ということも考えられる。

「……宝のことは言えねえ！」

かたくなに拒んだ五郎に、桜子は怪訝な目を向けた。

「何でよ」

「……おいらはおめえを信用したわけじゃねえんだぜ。だっておめえの血は……」

五郎はぎゅうっと友景の肩を掴んだ。

桜子はこの妖怪が何を言いたいのかすぐに察した。無理もない。桜子の血の半分は、彼らの宝を奪ったという九尾の妖狐の血だ。

「私が九尾の妖狐の血を引いていたところで、お前をどうこうしようなんて思うものか」

桜子はふんと鼻を鳴らした。

五郎はますます友景の背にしがみついた。

「……信用できねえ」

「大丈夫だ、五郎。桜子は怖くて危険な生き物だが、お前を喰ったりしないぞ。これは俺の式神で、俺の意に反することは何もできない」

友景があやすように話しかけた。その物言いに、桜子は少々面白くない気分になる。

「そりゃもう、ご主人様の言いつけなら妖怪だって喰ってやるよ」

意趣返しににやりと笑ってみせると、五郎はひえっと震えあがった。

「桜子、五郎をいじめるんじゃない」

「お腹が空いているからね」

「帰ったら握り飯を腹いっぱい食わせてやるから、我慢しろ」

「我慢できない、お腹が空いた」

「じゃあ、そこら辺の人間を捕まえてきてやるから……」

「喰うわけないだろ!!　馬鹿！」

この男には冗談ってものが通じないのか！

桜子はぷんすか怒りながら駆けてゆく。

五郎はびくびくと友景の背にしがみついている。

「なあ、五郎。あんまり怖がらないでくれ。俺はお前たちの同族ではないけれど、ちゃんと宝を取り戻して、必ず故郷へ帰してやるからよ」

「な、なんでいなんでい……そんなんじゃほだされねーんだからな」

などと五郎は意地っ張りなことを言う。

「あんたら……いちゃついてんじゃないよ」

桜子はおどろおどろしい声で言った。

五郎は友景の背中で、ひいいっと身をすくめたのだった。

そして二人と一匹は京の都を南へと進んでゆく。

妖狐に変化した桜子が、あの夜たどった道だ。川沿いの堀川通を南下し、御土居が見えてきたころ、五郎は友景の肩を叩いた。

「あ、あそこだ！」

見ると、寺の周りに不穏な気配を漂わせた妖怪たちがうじゃうじゃと集まっているではないか。

「あそこか……」

桜子は記憶をたどって、自分が襲った寺を思い出した。

金玄寺《こんげん》――それが寺の名だ。あまり大きくはなく、しかも古い。京の寺は数年前、その多くが東の寺町か御所の北に移築させられているのだが、金玄寺の古さを見るに、この寺はずっとこの場にあったようだ。まるで何かを守るかのように――

あの夜、桜子はたしかにこの寺を襲った。何故か？　この寺に惹かれるものがあったのだ。

九尾の妖狐は変化して、人間の世に潜み人を喰って生きてきたと聞く。だとしたら、この寺には……

「……お父様は、この寺の人間に変化してる……？」

桜子は自然と厳めしい顔になり、五郎を睨んだ。すると五郎は、嘴を喰いしばって全身をがたがたと震わせていた。怯えている……いや、違う。怒っている……？　そう、この河童は明らかに今、怒っていた。

そして、金玄寺を取り囲む妖怪たちも、同じように怒っているのだ。寺中の人間を食い散らかさんばかりの憎悪が、月下に渦巻いている。

ウウウウ……ウォオオオオオオオオオオ！

一匹の妖怪が叫んだ。

それを皮切りに、百鬼の群れは次々と怒号を上げた。

「宝を返せ！」「忌々しい鬼め！」

人の言葉で叫ぶ者も、獣の唸り声をあげる者もいる。

その叫び声は辺り一帯に響き渡り、寺の中にいた坊主たちが驚いて外へ出てくる。

「何だ！　何の音だ！」

厳めしい僧兵が、十人ほど庭先へ集まってきた。彼らは辺りを見回し、屋敷の塀を乗り越えようとしている百鬼夜行を目の当たりにして悲鳴を上げた。

「うおおおお！　おいらの宝を返せ！」

友景の背で五郎が突如叫んだ。暴れて飛び降りようとするが、友景はそれを捕まえて小脇に抱えた。

「お前一人じゃ無理だ」

「私たちに任せときな」

そう言って、桜子と友景は百鬼夜行の襲いかかる金玄寺の塀に降り立った。

突然現れた二人に、妖怪たちは警戒の目を向けてくる。

「お前たち！　全員この塀を越えるな！　一歩でも越えた者は私の敵とみなす」

桜子は空気を轟かせて怒鳴った。百鬼夜行はその姿を目の当たりにすると、慄《おのの》いたように後ずさった。けれども、逃げ出そうとはしない。瞳には憎悪と闘志が漲《みなぎ》っている。わずかでも対応を間違えば、この妖怪たちは塀を越えるだろう。そうなれば桜子は、彼らを調伏しなければならない。

「お前たちの宝は奪い返してきてやる。ここで待て」

そう厳命し、桜子は寺の中へ入ろうとして——しかしすぐに気づいた。この寺……結界が張ってある。

塀の上から手を伸ばすと、バチバチと激しい音がして弾かれた。

「小賢《こざか》しい真似をしてくれるわね……」

桜子はわずかに焦げた手を振り、懐から取り出した呪符を咥えた。

そしてそのままゆっくりと手を伸ばし、バチバチと音を立てて異物を排除しようとする光の壁を力任せに貫いた。

一瞬激しく明滅し、光の壁は消え失せた。咥えていた呪符も役目を終えて砕け散る。

そのとき不意に、獣のにおいが鼻先をかすめた。知らないはずなのに何故か懐かしいような……泣きたくなるようなにおいだ。

「お父様……やっぱりここにいるのね……」

桜子は呟き、ぐっと歯を噛みしめた。

もう疑いようがない。この寺には妖怪がいる。人に変化し、人の世を壊す恐ろしい大妖怪、白面金毛九尾の妖狐が——！

「お前たち、ここで待ってな」

桜子は百鬼夜行を睨みつけ、彼らを夜の空気に張り付けると、塀からひらりと庭に降り立つ。友景も五郎を小脇に抱えてその後に続いた。

突如現れた二人と一匹に、僧兵たちは厳しい警戒の目を向ける。

「な、何だ？　お前たちも妖怪変化か？」

薙刀《なぎなた》を向ける僧兵の一人が問いただしてきた。

「お前たちなど法師様のお力で……」

「ここに妖怪がいるね？」

桜子はぎょろりと彼らを睨みながら問うた。途端、厳めしい僧兵たちは全員……一人残らず凍り付いた。まるで人外の化け物に睨まれたかのように……。

思わず桜子は笑いそうになる。化け物に睨まれたかのよう――じゃない。私は間違いなく人外の化け物だ。

桜子は悠々と歩きだした。庭に集まっていた僧兵たちは、凍り付いたまま身動き一つできず桜子を通す。動いたら、喰い殺されるとでも言いたげに……。

その後を、友景はやはり無言で――河童を小脇に抱え――ついてきた。

「邪魔するよ」

と、桜子は縁側に上がった。誰も止める者はいなかった。

廊下を歩いてゆくと、物音で出てきたらしい坊主たちと鉢合わせた。坊主たちは桜子を見るなり喉の奥で悲鳴を上げた。

何だろう……どうして彼らは、私をこんなにも恐れているのだろう？　一目見ただけでどうして？

別に怒鳴っているわけでも暴れているわけでもない。私は冷静で、落ち着いていて、いつもと何も変わらない。なのに何故？

分からないまま桜子は歩みを進めた。しかし、

「ま、待て！　それ以上進むことは許さんぞ！」

背後から呼び止められ、ふと振り返る。凍り付いていたはずの僧兵たちが、震えながら薙刀を構えて追いかけてきていた。

うるさいなあ……今忙しいんだから、邪魔をしないでほしいのに……

冷静にそう考え、桜子は手印を結ぶ。

「ア・ビラ・ウン・ケン」

静かに真言を唱える。坊主たちは警戒するように身構える。

しかし――あたりの空気はしんとしたままで、何も起こらなかった。

「え……何で？」

神仏が応えない。こんなことは初めてで、桜子は少なからず狼狽えた。

再びしっかと手印を結び、

「ノウボウ・タリツ・タボリツ・ハラボリツ！　タキメイタキメイ・タラサンタン！　ウエンビ・ソワカ!!」

今度ははっきりと対象を絞って真言を唱えた。が――やはり夜の空気は凪《な》いだまま、神仏の気配はかけらもない。

「なにこれ……」

なんでなんでなんで！　こんなことあるわけない！　まさかここが寺の中だから？　神仏は妖怪の私より坊主どもに味方するのか？

「留牟！　留牟！　留牟！　留牟！　留摩留摩！　留摩留摩！　唏梨……んぐっ！」

そこで桜子は背後からきつく口を押さえられた。

「桜子、怒りすぎだ」

大きな手で口を塞いでいる友景が言った。

は……？　怒りすぎ？　誰が？　…………私が？

「人間相手にいきなり曠野鬼神《こうやきじん》なんか呼ぶんじゃねえよ。しかも極厳悪呪《ごくげんあくしゅ》まで唱えようとしやがって……そんな乱れた精神で使っていい真言じゃねえだろ。仏罰が下るぞ。まあ、曠野鬼神は愉快で鷹揚《おうよう》な奴だから、大丈夫だろうけど……」

かつて猛悪な暗黒の夜叉《やしゃ》神と呼ばれ、後に大元帥明王《だいげんすいみょうおう》の名を冠した……猛悪にして絶大なる力を振るう明王の総帥、曠野鬼神大将。それを愉快で鷹揚な奴とか言うな。

友達か！

呆れる桜子を、友景は更に諭す。

「今のお前がどんな真言を唱えようが、神仏は一柱も応えねえよ。怒りすぎだ」

「……私、怒ってるの？」

桜子はやや呆然とした調子で首を傾げた。

怒っている……？　そんな感じはしない。そんな自覚はない。だって、今、誰に、何を怒るというの？

「俺に聞いても分かるわけないだろ」

友景は顔をしかめる。

桜子はぼんやりと考えた。自分の胸中を探ってみた。

私は今、怒っている……？　すると、心の奥深くから、にょっきりと角のようなものが生えてきた。ああ……そうか、私は確かに、怒っている。

それは誰に……？　そんなもの、相手は一人しかいない。白面金毛九尾の妖狐。桜子の実の父親。彼に対して、自分は今怒っている。

多くの妖怪から宝を奪い、都に呼び集め、京の町を混乱の渦に陥れている人喰い妖怪。それに、怒っているのだ。

他者を傷つけ、人を喰らい、災厄をもたらす……そんなの、許せるはずがない。自分の父親が、そんな罪人だなんて……

そこまで考え、胸中にいるもう一人の自分が否を唱えた。

本当に？　本当に、そのことを怒っているのか？　父親が非人道的なことをするから、人として許せないと……？　いや……違う。違う！　そうじゃない。私が本当に怒っているのは……

「何でお父様は、私に会いに来ないの？」

唐突な問いかけに、今度は友景が首を傾げた。

「人を喰う暇があったら……百鬼夜行を集める暇があったら……何か企む暇があったら……私に会いに来てよ！」

桜子は目を怒らせて怒鳴る。腹の奥から湧きあがる熱で全身が痛い。

「悪巧みとか人喰いとか……そんなことより何より前に！　会いに来てよ！　こんなところで何やってるのよ！」

思わず友景の胸ぐらをつかんだ。彼は驚いたように目をしばたたいた。

「……まあ、単に会いたくないってこともあるだろ」

どう言っていいのか分からなかったのか、無神経な発言をする。桜子は彼の襟を強く引っ張った。

「そんなことあるわけない。お母様があれほど好きになった妖怪なんだから……そのお母様が命がけで産んだたった一人の娘が私なんだから……だからお父様が私を可愛くないわけない！」

絶対の確信をもって言う。

「……お前は父親に会ったこともないんだろ？」

「会ったことがなくたって知ってるわ。だってお母様は、私がお腹にいる時からずっと私に話しかけてくれてたもの。お父様がどんなに素敵な人だったか、お父様のことどんなに好きだったか、毎日教えてくれた。私はそれを全部聞いてたし、今でもはっきり覚えてる」

すると友景はものすごく驚いたようにぽかんと口を開けた。

「……胎の中にいた時のことを？」

「覚えてるわよ、あんた覚えてないの？」

「覚えてるわけねえよ」

「ふうん？　記憶力弱いの？」

「……そういう問題ではねえな」

何故か呆れ果てている友景を、桜子はぽいっと手放した。両手を腰に当て、腹の底まで深呼吸する。

そうしてようやく落ち着くと、覚悟は決まった。

「よし、お父様をぶん殴ろう。泣いてごめんって言っても絶対絶対許さない!!」

桜子はくわっと牙を剝く。

「桜子、牙が出てる。あと、目が光ってる」

言われて桜子はぎょっとし、慌てて顔を押さえた。

え、目が光ってる？　あ、そうか……だからみんな怖がってたのか……

自覚するとにわかに恥ずかしくなったが、どうせならと腹を括った。

ぐるりと見まわし、長年御仏《みほとけ》に仕えてこの寺のことを知っていそうな年嵩《としかさ》の坊主に目をつける。

「この寺に今、妖怪がいるね？　お前たちはみんなそれを知っているだろう？　強い妖怪に操られているのか、利用されてるのか、脅されてるのか何なのか知らないけど……お前たちは妖怪の共犯者だ。私は罪人に容赦しない。かけらでも罪悪を感じる心があるのなら、案内しな」

するると坊主は震えながら後ずさり、震える声で経を唱えようとした。桜子は一瞬で坊主との距離を詰め、その口を手で塞いだ。

「拒むならお前は私の敵だ。私は敵に容赦しない。かけらでも恐怖を感じる心があるのなら、案内しな」

脅された坊主は真っ青な顔で震えていたが、観念したように呟いた。

「こ……殺さないで……」

「それはお前の行動が決めることだ。さあ、案内するか？」

坊主はとうとう頷いた。

「ひえええ……おっかねえ……」

友景の小脇に抱えられた五郎が呟いた。

「そうだよ、私は危険で怖い生き物だから、近づいたら怪我するよ」

友景が口を挟んだので、桜子はちょっと口元を緩めてしまった。

「俺以外は——だろ？」

「そうだよ、あんた以外の男は指一本さわれない——私はそういう生き物よ。ほら、だから案内しな」

と、坊主を急《せ》かす。坊主は何度も頷きながら、危うい足取りで歩きだした。

廊下を幾度か曲がり、本堂へ案内される。暗い本堂には誰もおらず、何故かあるべき本尊すら見えない。坊主は本堂の奥の奥にひっそりと設けられた階段を降り、桜子たちを地下へと通した。

桜子は坊主の後について階段を降りながら、激しく鼓動する胸を押さえた。

ダメだ……着くまでに心臓が壊れて死んだらどうしよう……

鼓動が限界に達したところで、先導していた坊主が立ち止まった。

坊主は震えたまま何も言わない。だが、目の前にある部屋が目的の場所であることはすぐに分かった。

この部屋の中に……妖怪が……お父様がいる……！

夏だというのに手が冷たくてうまく動かない。二、三度握ったり開いたりして血を通わせ、桜子は目の前の襖を開いた。

その部屋の中を目の当たりにして——桜子の息は止まった。

部屋は広い板張りの間だった。暗い部屋の中には明かりが一つだけ灯《とも》っていて、それがうすぼんやりと部屋の中を照らしている。部屋の奥には大きな木彫りの仏像が安置されていた。この世を救うかのような……或《あ》るいは断罪するかのような……その静謐なる眼差し。

その目の前に、黄金の巨大な異形が横たわっている。

桜子の父である、白面金毛九尾の妖狐——の、尾。それが一本、仰々しく注連縄に囲まれて横たわっているのだ。仏像の前に注連縄……酷く奇妙だ。

そしてその周りに……数えきれないほどの妖怪の死体が転がっていた。

壁際には、まだ息のある妖怪が十数匹、固まって座っていた。しかし彼らはいずれも屍《しかばね》のごとく生気をなくしたうつろな瞳で、酷くやせ細っていた。

ひゅっと喉が鳴り、そこで桜子は自分が呼吸を忘れていたことを思い出した。

冷たい体から変な汗が流れる。

これは……何だ……？　これは何だ？　これは何だ？　これはいったい何なんだ!?

「あ……ああああああ！　太郎あんちゃん！　太郎あんちゃん！」

突然悲鳴が上がり、桜子は不覚にも叫び声を上げそうになるほど驚いた。

五郎が友景の腕を振りほどき、転がるように床を駆け、無残にも横たわっている死体の一つに縋りついた。

「うあああああ！　何でだ！　何でだ！　あああああああああ！　あんちゃん！　あんちゃん！」

五郎は部屋が震えるほどに泣きわめいた。それを見て桜子は、ようやく悟った。彼の——妖怪たちの奪われた宝が何だったのか——

「家族を……攫われた……？」

呟く声が掠《かす》れた。

家族……それが妖怪たちの宝だったとしたら……

百鬼夜行は、攫われた家族を捜していた……？

だとしたら、攫われた妖怪たちは、ここでいったい何を……？

桜子の心臓はさっきまでと違う意味で痛いほどに鳴っていた。

するとそこで、仏像の後ろから何かがもぞもぞと這い出てきた。

「……五郎？」

呟いたのは、傷だらけになってやせ細った河童だ。それが、三匹。

五郎ははっと顔を上げ、その河童たちを見てぶわっと涙をあふれさせた。

「次郎あんちゃん！　三郎あんちゃん！　四郎あんちゃん！」

名を呼ぶ五郎に、河童たちは駆け寄った。

四匹の河童は抱き合い、号泣する。

「太郎あんちゃんが……おいらたちを庇って殺されちまったんだ、あの鬼に……。俺は兄ちゃんだから、心配するなって……必ず助けてやるって言って……」

「太郎あんちゃん……！」

兄弟たちは横たわる長兄の死体に縋ってまた泣いた。

桜子の鼓動はどんどん早まった。体が震える。酷い……なんて酷い……。

奇妙に喉が渇いた。ざわざわと落ち着かない気分になる。

何だろう……おなかがすいた……

「桜子、ダメだ。変化するな。今変わったら、お前は人を喰っちまう」

言われてぎくりとする。

私、今……人を喰いたいと思ってる……？

友景は桜子の背に手を当てた。ぎりりと、心臓を握られるような感覚があり、痛みと共に食欲は霧散する。術者に支配される屈辱と快感が全身を這いまわる。

「……景、ここは何なの？　何が起きてるの？　お父様は……どこにいるの？」

「お前のお父様はいねえよ。ここにあるのは尾だけだ。本体のにおいはしない」

がくんと、膝の力が抜けそうになる。

「じゃあ……ここは……」

何なのかともう一度問いかけようとしたところで、どたどたと荒い足音が聞こえてきた。

「お前たちは何者ですか？　何故勝手にここへ入ったのです？」

誰何《すいか》の声が響き、振り返ると見知らぬ男が立っていた。

坊主の一人だろう。二十代と思《おぼ》しき若い男で、精悍な顔立ちをしている。彼は桜子と友景を警戒心の宿る目で睨みつけた。

「明賢《みようけん》様！　こ、こやつらは妖怪変化です！　人ではありません！」

桜子たちをここまで案内した坊主が陰に隠れて叫んだ。

それを聞いた途端、明賢と呼ばれた坊主の目つきが変わった。

「妖怪変化？　なるほど……確かに目が光っていますね。九尾の妖気に惹かれてここまで来たのですか？　これはちょうどいい……人間に化けられる妖怪は強いと聞く。よい鬼になることでしょう」

「お前……何なんだ？　ここで妖怪を集めて何やってる？」

桜子は低く脅すように問う。

「我々は、鬼を使役するもの――ですよ」

明賢はそう答え、隣の部屋に繋がる襖を開く。その奥には大きな鉄の檻が鎮座しており、彼が鍵を開けると、中から見慣れぬ五匹の異形が現れた。

桜子はその姿に目を奪われた。

その異形はいずれも黄金の毛を全身に生やし、金の尾を振り立てた怪物だった。狐に似ている……だが、とても狐には見えない。気味の悪い裂けた口に、それぞれ長さの違う四つの脚、ぼこぼこと歪んだ背中。血走った目には、理性の光などひとかけらも宿っていない。そして額には輝く黄金の角が――

「鬼……」

異形の角を見て、桜子はそう呟いていた。

異形の纏う雰囲気は禍々しく異質で、今までに見たこともないものだった。それはまさに、鬼と呼ぶにふさわしいものだ。桜子は鬼の敵意を感じ取り、とっさに身構えた。しかし、

「お母さん……」

部屋の端に蹲っていた一匹の妖怪が呟いた。涙に濡れたその目は、確かに鬼を見つ

めていた。桜子の全身が粟立った。

まさかこの鬼たちは……

「ああ……そういえばこの鬼の材料は、あの妖怪の母親でしたね」

微笑む明賢の言葉を聞き、桜子の頭の中に稲妻が落ちた。

黄金の角を生やしていた猪笹王と波山。今目の前にいる鬼たちと同じ黄金の角を生やしていた……。あの角は彼らの体から抜け落ちた時、黄金の獣毛になって消えたのだ。あれは……あの黄金の獣毛は……

「お前……九尾の妖狐の毛を、妖怪に埋め込んだのか？」

そうして妖怪を、鬼に変えた――？

「ほう……妖怪変化にしては頭が回りますね。いかにも、この鬼たちは我が寺の御神体たる、九尾の妖狐の尾から抜いた毛を与えて生み出したものですよ」

「……何のために」

「無論、人間の命令を忠実に聞く兵器とするために決まっているではありませんか」

この男は……何を言っている……？　桜子の鼓動はすでに落ち着き、むしろ頭も体も冴《さ》え冴《ざ》えとしていた。

「だから、何のためにと聞いている！」

「戦国の世を終わらせるため……ですよ」

うっすらと笑みを浮かべて明賢は言った。

「我が寺は代々九尾の尾を封じる役割を担ってきました。ですが……これほどの力をただ封じておくなど無駄だとは思いませんか？　この力を使えば、天下統一など容易く成し遂げられることでしょう。この乱世を、終わらせることができるのです。そのことに……法師様が気づかせてくださったのですよ」

「法師？」

「我が寺でお世話している旅の法師様です。素晴らしい法力の持ち主で、この尾を使い鬼を生み出す術を編み出してくださいました」

明賢はどこまでも落ち着き払って説明する。聞き分けのない子供を、諭すような雰囲気すら漂わせている。

桜子はぎりぎりと歯噛みし、足元の死体に目を落とした。

「この死体は……いったい何なんだ？　鬼とやらを生み出すために妖怪たちを攫ったんじゃないのか？　何故、殺した？」

するとは彼は悲しげに首を振った。

「殺したわけではありませんよ、仕方がなかったのです。残念なことに九尾の力は強すぎて、力を与えられた妖怪の多くは死んでしまうのですよ。生き残っても正気を失ったものは危険ですからね、捨てなければなりません。鬼になることができる妖怪は、本当に一握りなのですよ。ですが、人に変化できる力を持つほどの妖怪なら……必ずや凄《すさ》まじい鬼になるでしょう」

その言葉で桜子はようやく理解する。猪笹王と波山の身に何が起きたのか……彼らは失敗作として捨てられたのだ。九尾の毛を埋め込まれ、暴れ狂い、捨てられた。

「お前、今度は私たちを鬼にするつもりか？」

「全ては天下泰平のため。衆生を救うためなのです。我が寺は、そのために九尾の尾を封じてきたのでしょう」

明賢は清々《すがすが》しく優しい微笑みを浮かべてみせた。その笑みは、桜子にこれ以上の会話など無意味だと思わせるに足るものだった。

この男は……鬼を作るなどという目的のために、数多の妖怪の命を奪ったのだ。そしてそれを、本気で世のため人のためだと思っている。

その事実を突きつけられ、全身に痛みが走った。眩暈がする。こんな人間が……この世に存在していいのか？　何の罪もない妖怪たちを、平気で殺したのか？

「鬼……」

呟いたのは五郎だった。激しい憎悪をつぶらな瞳に込め、明賢を睨んでいる。

「お前は……お前たちは……人間は鬼だ……！」

ああ、そうか……五郎の言った、この世のものとは思えない鬼……それは父のことではなかった。そして無論、九尾の毛を埋め込まれた異形たちのことでもない。この京に紛れもなく存在する鬼の正体……それは……

桜子はきつく目をつぶり、カッと見開いた。

「妖怪の力を人の戦に利用するなど世の理に反する大罪だ。お前は大罪人だ。京の平安を守る者として、お前を処罰する」

桜子は呪符を取り出し、構えた。

何故かもう、怒りは感じていなかった。今ならこの世のどんな神仏も呼び出せるのではないか……そのくらい落ち着き払っていた。

「……これだけ説明しても分からないのですね。妖怪の身で御仏に仕える我らに盾突こうというのですか？　何と哀れな……お前たちもこの妖怪たちと同じように……」

明賢は足元に転がっていた妖怪の頭蓋骨を摑もうと手を伸ばし――次の瞬間、彼の腕は、消えた。

いや、消えたのではない。肘から先が切断され、ぼとりと音を立てて落ちたのだ。その後を追うように、断面から鮮血が噴き出した。

「あ……ああ!?　ぐあああああああ！」

明賢は尻もちをついて痛みに転がる。

呆然とその様を眺め、桜子は恐る恐る己の傍らを見た。友景が、いつの間にか刀を抜いていた。その刃先から、赤いものが滴る。

全身に鳥肌が立った。

何これ……こいつが……あの坊主を斬った……!?

空気が痛い。怒りの感情が全身に突き刺さってくる。

友景はどこまでも静かに、どこまでも落ち着いて、激怒していた。

「攫った妖怪はこれで全部か？　他はもう、殺してしまったか？」

淡々と抑揚のない声で聞く。

桜子はごくんと唾を呑んだ。

問われた明賢はしかし問いかけが聞こえていないようで、悲鳴を上げながらもんどりうっている。

主の叫び声を聞いて、黄金の鬼たちは血走った目を友景に向けた。友景はそんな鬼を静かに見やり——

「ア・ビラ・ウン・ケン」

一瞬手印を結ぶと、静かに真言を唱えた。

「嘘でしょ……」

桜子は呟いていた。

怒るなと言ったくせに……乱れた心に神仏は応えないと言ったくせに……こいつは

これだけ怒っていながら平気で神を呼んでしまえるのか……！

　圧倒的な神気が降り注ぎ、黄金の鬼たちを貫いた。鬼たちは不可視の矢で床に縫い留められ、動くこともできなくなる。

「大丈夫だ、ちゃんと治してやる。元通りにして家族のもとに帰してやるから……。だから少し我慢しててくれ」

　真摯に言い含めたその時、鬼を閉じ込めていた牢に張られた呪符が突如燃えた。次の瞬間、五匹の鬼は鳴き声を上げて血を吐いた。びくびくと痙攣《けいれん》し、動かなくなってしまう。黄金の体毛が次第に輝きを失い、抜け落ちた角はたちまち獣毛となり、あまりにも呆気《あっけ》なく……鬼の命の灯は消えていた。

　友景は呆然とその死体を見下ろす。

「……お前がやったのか？」

　彼は再び明賢の方を向いた。しかし明賢は友景の声など耳にも入らず泣きわめいている。

「誰か！　誰かあああ！　法師様を呼べ！　あああああ！　法師様！　法師様！　お助けください！」

　助けを求めながら部屋の入口ににじり寄る。

　するとそこに別の坊主が駆け込んできた。坊主は血まみれの明賢を見て悲鳴を上げ、絶望的な顔でその場にへたり込んだ。

「ああ、明賢様……何ということだ……どうしたらいいのですか……寺が……妖怪どもに囲まれているのです……このままでは……」

「法師様をお呼びするのです！　早く！」

「いいえ！　いいえ！　法師様はおいでになりません！　寺が妖怪たちに襲われていると知って……法師様は……」

「法師様はどうしたのです!!　我らがこのような目に遭っていると分かっているなら……何故助けに来てくださらないのです！」

明賢はのたうちながら叫ぶ。

「法師様は……法師様は……お逃げになりました！」

坊主は明賢以上の大声で叫んだ。

「ここはもうダメだと……お前たちにもう用はないと……そうおっしゃって一人でお逃げになったのです！」

そう言うと、坊主はその場で泣き崩れた。

「なっ……なんだとおおお！」

明賢は絶望の叫び声をあげる。

「なあ、俺の質問に答えてくれ」

友景がごく平坦《へいたん》に口を挟んだ。

「攫った妖怪は、これで全部か？」

明賢はびくりとし、震えながら振り向いた。

「だ、だったら何だというのです！」

「そうか、分かった」

友景はそこで大きく息を吸い、吠えた。

「ウォオオウオオオオウオオオオオン！」

前に聞いた遠吠えとは少し違う、誰かを呼ぶような鳴き方だ。

すると、今まで静かだった寺の外がにわかに騒がしくなり、その喧騒《けんそう》が次第に近づいてきた。すさまじい音とともに地下室の天井を壊して現れたのは、寺の外でずっと待っていた百鬼の群れである。

「お前たちの宝だ」

友景がそう告げると、妖怪たちは怒号を上げた。目の前には無数の死体。生きている者はほんのわずかだ。妖怪たちはわずかに生き残った仲間を庇うように立ち、蹲る明賢に憎しみの眼差しを向けた。

その憎悪を受け、明賢はとうとう正気を捨てた。

「くそ！　くそ！　化け物どもめ！　殺してやる！　殺してやるぞ！」

叫びながら注連縄で囲まれた九尾の尾に駆け寄る。注連縄越しに首を伸ばし、その毛に噛みつこうとして――しかし明賢がそれを成すことはなかった。彼が口を開いた瞬間、神速の剣戟《けんげき》が彼を襲い、まばたきする間もなく明賢は頭から股まで真っ二つに斬られていた。

一刀両断……その言葉が桜子の頭に浮かんだ。

友景は血振りして刀を納めると、その場にしゃがみこんだ。握った両の拳に額をつけて俯き、きつく目を閉じる。酷い後悔に苛《さいな》まれているかのように……

「……ごめん」

蚊の鳴くような声で呟く。

「ごめんな……絶対宝を取り戻してやるって約束したのに……できなくてごめん。俺がもっと早く、ここまでたどり着いてたら……」

目の前に横たわる人間の残骸など、もはや彼の目には入っていないらしかった。

家族を攫い、いたぶり、死に至らしめた憎い仇を突如失った妖怪たちは、激情のやり場を失ったかのようにしんとして友景を見つめている。

「妖怪の宝が家族だってことは分かってた。俺は知ってたんだ。俺の父さんと母さんも、俺を宝物だと言ったから……なのに俺は……」

「お、おいら！　おめえらを騙したんだ！」

そこで突然五郎が声を張った。その声は震えていたし、彼の眼は涙でふやふやになっていた。

「おいら……おいら……あんちゃんたちを助けたくて……だからお前たちを騙してここまで連れてきたんだ！　九尾の妖狐がここにいるって思わせれば、お前たちが来てくれると思ったから……。本当はおいら、お前たちをこいつらに引き渡そうって思ってたんだ！　九尾の娘と引き換えなら、あんちゃんを返してもらえるって思って！」

言いながら、彼はぐしぐしと涙をぬぐった。

「だから……おあいこだ！　おいらはお前たちに悪いことしたんだ！　なのに……お前はあんちゃんが殺されて怒ってくれた。だから……平気だ！　気にすんな！」

ぼろぼろ泣きながら、五郎は仁王立ちで言った。これでいい……はずはない。兄弟が無残に殺され、平気なはずはない。けれどこの河童は、そう言ったのだ。

他の妖怪たちも、はらはらと涙を零しながらこうべを垂れた。

友景はしばらくぼんやりした目で彼らを見つめ、ゆっくりと立ち上がった。

「お前たちが二度とこんな目に遭わないようにしないとな……」

そして、仏像の前に安置された巨大な黄金の尾に目を向ける。

「晴明公の言った通り、この事件の裏にいたのは九尾の妖狐だったってことか……これがあったせいで、おかしなことを考える奴が生まれた。幸徳井家に持ち帰って封じよう」

ぽつりと言い、友景はそれに近づいた。そしてゆっくり刀を抜くと、尾を囲む注連縄を断ち切った。

キィンと奇妙に金属質な音がして、注連縄が床に落ちる。

そして次の瞬間、尾が、動いた。

「「え……？」」

呆けた声を漏らしたのは、桜子と友景、二人同時だった。

巨大な尾は意思を持ったかのように動き、そしてその黄金の毛が数本抜けると、友景の口の中に飛び込んだのである。友景はぐうっと呻いて膝を折った。蹲り、苦しむ友景の尻の辺りが突如膨らみ、袴を突き破って黄金のしっぽが生える。人間に、狐のしっぽが生えたのだ。

「ぐっ……冗談じゃねえぞ……さすがにこれはないだろ……」

友景は苦しげに呟いた。

「なっ……何なの!?　お父様!?」

桜子は父の尾に向かって叫んだ。すると巨大な尾は牙を剥くかのごとく、桜子に向かって襲いかかってきた。ぎょっとして、飛び退ろうとする。しかし、尾の動きは桜子よりもはるかに速かった。桜子の体はたちまち巨大な尾に包まれて、締め上げられてしまう。

嘘……絞め殺される……？

そう思ったのもつかの間、尾は桜子を縛り上げたままぶわっと宙に飛び立った。

「え……ええ!?　待って！　どうする気!?　下ろして！」

尾は、桜子を攫おうとしているのだ。それに気づき、桜子は慌てて怒鳴った。しかし尾は、桜子の言うことなど全く聞く気配がない。

しっぽの生えた友景は苦しそうに蹲って桜子を見上げ、傍らの妖怪たちを見やる。

「お前ら……絶対俺に近づくな……家族を連れて今すぐここから逃げろ……」

「だ、だけど……お前……」

五郎はおろおろと反駁しかけたが、

「いいから行け!!」

友景は大音声で怒鳴った。それを聞いた妖怪たちは全員痺《しび》れたように硬直し、しかしすぐに弱った仲間や死体を抱えてその場から逃げ出した。それを見て、友景はばったりと倒れる。

「ああ、くそ……最後の最後で酷いことをしやがる……」

そんな言葉を零し、彼は意識を失った。

「待てって言ってるでしょ！　下ろせ！　景を置いていかないで！」

桜子は倒れた友景に手を伸ばすが、とても届かずそのまま父の尾に攫われてゆく。

「下ろせってば！　下ろせ！」

何度も叫びながら連れ去られる中、ふと下を見ると寺の周りを武装した侍たちが囲んでいるのが見えた。

侍所の役人たち……!?

誰かが助けを呼んだのだ。それが分かり、ぞっとする。

明賢が死んだ屋敷の中、狐の尾が生えた友景が倒れているのだ。その彼がどんな目に遭うか、想像できないほど愚かではない。

助けなければと全力で暴れた瞬間、尾は桜子の体をきつく締めつけた。

血が通わなくなり、桜子は一声呻いて気を失う。

意識が途切れる寸前、よく知った声が九字を切るのが聞こえた気がした。

第五章　幸徳井友景、金色の獣に囚はれたる語

彼はどうして私の前に現れてくれたのだろう？

夢の中で、何度も何度もそのことを考える。

本当に、神仏が用意してくれた相手なのかもしれない。でも、だとしたら……彼は桜子と出会って幸せなのだろうか？

夢から引きずり上げられるように目を開けると、桜子は勢いよく起き上がった。

薄手の肌小袖姿で幸徳井家の自分の部屋に寝かされていたのだ。

一瞬、今までのことは全部夢だったのかと混乱する。

「桜子、目が覚めたか」

優しく厳しい声で呼ばれ、顔を向けると傍におじい様が座っていた。

「おじい様……」

「バカもんが、許しもなく勝手に屋敷を出ていきおって。お前は丸二日眠っておったんじゃぞ」

「え、二日も……」

桜子は掛けられていた着物をはねのけて飛び起き、おじい様に縋った。

「おじい様！　大変、景が、あいつが……」

そうだ、あいつを置いてきてしまった。きっと侍所の役人に連れていかれて……

真っ蒼《まさお》になって焦る桜子の肩を押さえ、おじい様は言う。

「桜子、友景の身に起きたことは聞いた」

聞いたって……もしかして友景本人から？　彼は助かったのか⁉

「教えたのは私だ」

優雅な声で言い、ふわりと目の前に現れたのは晴明だった。

「お前たちが寺に押し入るところを、ずっと見ていたからな。九尾に攫われかけたところを助けてやったのもこの私だ」

悠然と語るその声は、紛れもなく桜子を助けた九字の声だった。

桜子は震える手を床について呆然と思い出していた。

「お父様は……何で……景を……」

何で友景をあんな風に……このままでは彼が殺されてしまう！

焦る桜子を見下ろし、晴明はふーっとため息をついた。

「あの小僧が気に入らんのだろうな」

「何でですか！」

「私に聞くな。気に入らんものは気に入らんのだろう。だが……これは本当に厄介だ。あの狐は尾を失い無力な狐と化しておるが、本来なら人が触れることも敵《かな》わぬ化け物だ。それを敵にしたとなると……助からんな。あの小僧は諦めるか……」

一瞬晴明が何を言ったのか桜子は分からなかった。諦める——という言葉の意味が。しかしそれが友景を見捨てることと同義なのだと分かり、桜子は激昂した。

「あいつが死んだら私も死にます！」

夫に準じる妻のような言葉だったが、精神的な意味ではなく物理的に、術者である彼が死ねば式神である桜子も死んでしまうのだ。晴明はそれを知らないのだろうかと、桜子は続けざまに説明しようとしたが、彼はその考えを察したように、桜子の口を指でふさいだ。霊魂の、奇妙な感触がある。

「お前が奴の式神になったことは知っている。奴をお前の相手に選んだのはこの私なのだからな。友忠に懇願されて、私が日ノ本中を探し回り見つけたのだ。だが……こうなっては捨てるしかない。あの狐は執念深く、残虐で、狙った獲物を逃がすことはない。どれほど力が衰えていようと、必ずあの小僧の息の根を止めるだろう。あの狐にとりつかれた小僧は、もう助からん」

晴明は断言した。その言葉はあまりに強く、重く、桜子は息もできなくなった。

「これは本当に予想外だった。だが……お前が案じることはない、桜子。小僧の術なら、私が解いてやろう。お前が小僧の式神でなくなれば、小僧が死んでもお前は死なずにすむ。友忠よ、それでよいな？」

確認された友忠は、すぐに頷きはしなかった。極限まで深めた眉間のしわを一本も消すことなく、歯を食いしばっている。

「何を悩む？　あの小僧を死なせたくないか？　だが、このままでは桜子が道連れだ。お前は決断せねばならぬ。あの小僧を見捨てるか、桜子を諦めるか……。なあ、悩む振りはよせ、友忠よ。どうせ答えは出ているのだろう？　貴様は桜子のことになると、私よりよほど残虐だ」

ややあって友忠は深いため息をついた。おじい様の瞳は、桜子が今までに見たことがないくらい冷たかった。

「そうですな……答えは初めから出ております。桜子の安全より優先されるものなどこの世にはただの一つもありませんからな。ですが、その後はどうしますか？　式神でなくなれば、桜子はいずれ獣になり果ててしまう」

「しばらくはお前と私で抑えるしかない。そのあいだに、新たな策を講じよう。私は野狐調伏の法を使えぬし、お前は墓穴に足を片方突っ込んでおるような歳だしな……できれば新たな術者を育てたいが、間に合うかどうか……」

「友景を仕込むのには七年かかりましたからな」

「いかにも、あれほどの男で七年かかったのだ。いっそ、獣として生きる道もないではないが……」

「桜子を人喰いにするわけにはいきませぬ」

「であろうな。だが、間に合わねばそうせざるをえまい」

「ですが……」

話し合う二人の男を眺め、桜子はぼんやりしてしまった。

彼らは……何を話しているのだろう？　回らない頭が時間をかけて答えを導き出した。ああ……そうか、彼らは……友景が死んだ後のことを話しているのだ。彼らにとって、友景はもう用済みなのだ。

彼を助けようという人間は、ここに一人もいないのだ。


いったいどうしてこんなことに……

友景は牢の中で虚《うつ》ろに考えた。

ふと後ろを見ると、あるはずのない狐の尾がゆらゆらと揺れているのが見えた。何気なく頭を触ると、そこには獣の耳らしきものが……そして顔に手を触れれば、いつもと違う感触が指先に当たる。人ではない、獣のような顔が……

何やら可笑しくなって少しばかり笑ってしまった。獣じみた口がにたりと裂ける。ずっと、なりたかった姿だ。自分を人間とは思えず、どこからどう見ても疑いようがないくらい、妖怪の姿になりたいと切望してきた。それが今、叶っている。だというのに……少しばかり妖怪の顔をしてみたところで、自分の正体はどうしようもなく人間だ。たとえ、自分が自分を人間だと思えなくても……それでも柳生友景は、人間以外の何者にもなれはしないのだ。

「この化け物……いったいどうすれば……」

牢の外にいた見張りの侍が警戒心をまとわりつかせた声で囁《ささや》いた。

「うむ……今、京に陰陽師はおらぬしな……いったいどうすればいいのか……」

「この化け物め……神聖な寺を襲うなど許しがたい所業だ！　必ず成敗してくれるからな！」

侍の一人が憎々しげに怒鳴った。友景はちらとそちらを見て、しかしごろんと寝ころび、目を閉じた。

しんどいことは嫌いだ。戦うのも、頑張るのも、嫌いだ。だから、こんな煩わしいことに関わりたくはなかったのだ。だらだらごろごろ生きていたかったのに……なのにいったいどうしてこんなことに……

全身が痛んでいる。体がまともに動かない。九尾の妖狐の妖力が、友景の全身を刺し貫いている。

少しでも気を紛らわせようと考えをめぐらせると、自然に桜子の顔が浮かんできた。

桜子は、無事だろうか？　九尾の尾がこんなことをするとは思わなかった。今のこの状況は、完全に自分の失態だ。

目を閉じたまま深々と息を吐く。

結局桜子は……気が付かなかったな……

苦い笑みを浮かべ、初めて彼女を見た時のことを思い出した。

最近京へ来てからのことではない。それよりもっとずっと前……幼い頃、自分は桜子と会っている。

いや違う。幼い頃から、自分はずっと桜子と会い続けている――というのが正しい。

あいつは馬鹿で鈍感だから……結局気が付かなかったな……

「ふざっけんな……」

どすい声が幸徳井家に響き渡った。

友忠と晴明は同時に桜子を見た。桜子は褥の上に立ち上がり、目を光らせてぎょろりと彼らを睨んだ。

「あいつと私のことを、何であんたらが決めるんだ糞ジジイども！」

物理の牙を剝き、怒鳴る。

糞ジジイと言われた晴明はぽかんとする。どうやら彼をそんな風に呼ぶ人間は、今まで一人もいなかったと見える。

代わりに口を開いたのは友忠だった。

「桜子、これは重大なことじゃ。お前に決めさせるつもりはない。全てわしが決める。お前みたいな小娘には何の権限もないわ。このことで誰がどう死んだとしても、わしのせいじゃ。お前のせいではない」

桜子は、ぐっと喉の奥が詰まるような感覚に言葉を失う。

おじい様は……どれだけ私を甘やかすつもりだろう……おじい様は本当に私のこと可愛くて可愛くて可愛くて……可愛いのだ。

ふと目頭が熱くなり、ぐしぐしと目を擦って堪える。

「おじい様……私、あれが欲しいの」

唐突に言った桜子に、友忠は怪訝な顔をする。

「一度も言ったことがなかったけど……私は誰とも結婚できないと思ってたの。私が触れても怪我しない男なんか、どうせこの世にいるわけないって思ってたの。おじい様がいなくなったら、独りぼっちになるんだと思ってたの」

桜子は着物の裾をぐっと握りしめた。

「おじい様……あれは、先生が見つけておじい様が用意してくれた、私のための男なんでしょう？　だったら私は、あれが欲しい。あれがいないと、私はいつか独りぼっちになってしまうわ。だから……私からあれをとらないで」

友忠はしばし桜子を見つめ、天井を仰ぎ、深々と息を吐いた。

「そんなに欲しいのか？」

「ほしい」

即答する桜子を見つめ、友忠は長い間黙っていた。そして覚悟を決めたように口を開き――

「わかった、やろう」

「待て！　友忠よ、血迷ったか？」

晴明が怖い顔で咎める。しかし友忠はかぶりを振った。

「可愛い孫におねだりされて断れる糞ジジイはおりませんわ」

苦笑いして、懐から取り出した呪符を構える。

「急々如律令」

その合図に従い、呪符は式神へと変化する。鳥の形をしたその式神は、羽ばたいて部屋を飛び出してゆくと、しばらくして一匹の猫を伴い戻ってきた。

「あ……あんた！　しばらく見なかったけど何してたの！」

桜子は驚いて声をかけた。その猫は、昔から桜子につきまとっている既知の妖怪、猫又だった。

百鬼夜行に喰い殺されたんじゃないかと心配してたけど……よかった、生きてたんだ……。

桜子は密《ひそ》かに胸をなでおろし、猫又を睨んだ。

「妖怪のくせに陰陽師の屋敷に入ってくるなんて、相変わらず図々《ずうずう》しい奴ね」

いつもの通り咎める。が、猫又は、いつものように気安く言葉を返してきたりはしなかった。それどころか、目の焦点も合わぬまま、ただ、床に座っている。まるで、人形か何かのように……。

「あんた、どうしたの？」

明らかに様子が変だ。まるで、魂が抜けてしまっているかのよう……。最後に会った時はこんなじゃなかった。桜子をからかって、平気で軽口を叩いて……そうだ、桜子が触れられる男はきっといるなんて、励ましてくれたりして……。

それを思い出した瞬間、何故か、頭の中に雷が落ちた。

桜子はその衝撃に硬直し、記憶をたどる。今まで猫又と交わした会話が、次々と頭に浮かんでくる。

同じだ……何度も同じことを、言われてる。そのことに、初めて気づいた。というか……私、なんで気づかなかった……？

立ち尽くす桜子の前で、友忠は猫又に向かって手を伸ばした。彼が猫又の首を摑んだ瞬間、猫又はぼふんと音を立てて一枚の呪符に変わってしまう。

「うそ……」

ちょっと待って……ちょっと待って待って待って待って待って!!

だらだらと冷や汗をかく桜子に、友忠は呪符を差し出した。

「お前が親しくしていた猫又じゃな？　これは、妖怪ではない、式神じゃ。わしが、友景に昔教えた術じゃ」

いや……いやいやいやいやいやいやいや！　ちょっと待てって！

それは……つまり……あの猫又の正体は……

お前は馬鹿で鈍感だ――そんな風に嘲る男の声が聞こえた気がした。

◇　◇　◇

「あれが欲しいか？」

あの日、そう聞かれたことを今でもはっきり覚えている。

彼女に初めて会った時のことだ。

いや、会ったというのは烏滸《おこ》がましいか……ただ、遠目に見ただけだ。

あの、宝物のような生き物に……

怪物の国にいる——と、その頃の俺は思っていた。

父さんと母さんから引き離されて、およそ同族とは思えない怪物の群れに放り込まれた。毎朝起きると怪物が周りにいる。どこへ行ってもどこを見ても、怪物ばかりだ。自分の同族はいない。妖《あやかし》……と呼ばれる仲間は。

いつも不安で、夜は眠れない。一人でいることは恐ろしかった。父さんと母さんはいつも夜の間だけ獣の姿に戻って、俺を毛皮でくるむように寝てくれたから、一人で眠るのは怖くて寒くて寂しかった。あの毛皮にもう一度触れたいと、思いながら夜を明かした。

柳生の母上は俺をずいぶん怖がっていた。本当は妖怪が化けているんじゃないかとか、息子を食べたんじゃないかとか……

父上は父上で、俺をずいぶんと疎んじていた。兄たちがいるから、俺は別に必要でもなかったらしい。

妖怪に攫われた息子……なんて、外聞が悪いだけなのだ。そして俺を嫌う彼らが、悪いというわけでもない。彼らに疎まれることを……俺はただの一度も辛いと思うことができなかったのだ。一人は寒く、怖く、孤独で、不安だったが、彼らに抱きしめてほしいとは思えなかった。本当に酷いのは自分の方……大事にされないのは、俺が彼らを家族と思っていないから。

兄たちも俺を、弟とは認めたくないようだった。剣の稽古と称し、兄たちは毎日のように俺を木剣で打ち据えた。俺は身を縮め、ただただ小さくなってそれに耐えた。笑いながら俺を打ち据える彼らを見て、いつも不思議で不思議で仕方がなかった。どうして彼らは……こんなにも遅い動きで、こんなにも弱い力で、何一つ壊すこともできないだろう無意味な攻撃を繰り返すのか……

あるとき耐えている俺を見た柳生の当主が、反撃をしてみろと言った。

別にしたくはなかったが、しろと言われたので反撃した。数拍後に目の前で蹲る兄たちを見た時に、別段感動はなかった。驚きもなかった。反撃すればこうなることは初めから分かっていた。

その日から俺は、本家の当主柳生石舟斎様の直弟子になった。

ただ、命じられたまま、体を鍛え、剣の腕を磨いた。何の意味があるのかは分からなかった。強くなったところで、何がどうなるのだろう？　この体が妖に変じるわけでもないというのに……

夜はいつも眠れなかったが、時折眠るとふるさとの夢を見た。

父さんと母さんと仲のいい妖たちがいて、俺は思う存分息を吸い、野山を駆け回り、笑っていた。

そして目が覚めた時にはいつも泣いている。

けれどいくら泣いたところで、俺が人間になることはないのだ。

そして妖にもなれない俺は、もはや何者でもなかった。

だからただ、言われた通りに動く。日々剣を振り、血と汗を流す。石舟斎様を打ち負かすのに、一年はかからなかった。

そして十歳になったある日、その人は現れた。

俺はその人の顔を覚えていた。俺を妖の里から怪物の国に引きずり出した陰陽師、名を幸徳井友忠といった。

「お前さんに陰陽術を教えてやろう」

出会うなり彼は宣言した。

「お前さんには陰陽術の才がある。そうでなければ妖怪のもとで何年も育つことはできなかったじゃろう。人喰い妖怪の瘴気を浴びすぎて、とっくに死んでおったじゃろう。お前さんには陰陽術の才がある」

そう言われたところで、心は動かなかった。そういえば、俺には剣術の才もあるらしい。だからどうしたという感じだ。

命令されるまま刀を振るい続けているが、頑張ることは好きじゃない。決まりに従い窮屈に生きることは好きじゃない。面倒なことに縛られるのは好きじゃない。

ただ、仲間とともに好きな場所を駆け回り、必要なものだけを食べ、安心して眠っていたい。それだけだ。それだけのことすら……叶いはしないのだ。

「お前さんは陰陽術に興味なんぞないんじゃろう。だが、お前さんには事実強い力がある。妖怪に、攫われるほどの力がな。それを御す方法を、お前さんは学ばねばならんのじゃよ。でなければお前さんは、悪鬼になり果てるかもしれん。わしのもとで、陰陽術を学べ」

そう言われ、俺はようやく頷いた。居場所などどこにもないのだから……やれと言われたことには応じるしかなかった。そうでなければ本当に、この場で立っていることすら許されないような心持ちになるからだ。

そうして俺は幸徳井友忠様の弟子になった。

それから一月がたったある日のこと――

「妖怪たちのもとに戻りたいか？」

お師匠様はそう聞いてきた。俺は答えなかった。答えなかったが、お師匠様は俺が何を考えているかすぐに察した。

「お前さんは戻れんよ。戻るってんなら、わしはお前さんを退治せにゃならん」

「……だったらどうして退治してくれなかったんですか？　あの時、父さんと母さんと一緒に……」

そうすれば、一人になることはなかったのに。

するとお師匠様は、突然にやりと笑った。

「なあ、お前さん……人の群れにいるのは辛かろう？　仲間が欲しかろう？」

問われた瞬間、感じたのは不思議なくらいの怒りだった。

仲間なんて……そんなもの……欲しいに決まってる。だからって、どれだけ喚こうが手に入らないことも分かっているのだ。仲間なんかどこにもいない！

睨んだ俺に、お師匠様はますます愉快そうな笑みを浮かべた。

「お前の同族に会わせてやろう」

彼は怪しげな手つきで手招きした。

この人は……本気で言っているのか？　俺は酷く狼狽した。

俺の同族はこの世に一人もいない。人間も妖も、俺の同族ではない。そんなことは自分が一番よく分かっているのだ。しかし彼は、会わせてやるという。

馬鹿げた嘘だと思いながら、足はふらりと動いていた。馬に乗せられ、ずいぶんな距離を踏破し、俺は知らない森へ連れていかれた。

「この辺りは幸徳井家の所領でな、まあ、狭くて目ぼしいものもないんじゃが」

お師匠様はそんなことを言いながら、俺を森の奥へと誘いこむ。

歩いてゆくと、森の中には大きな池があった。お師匠様は、そのほとりを静かに指さした。

池のほとりに、一人の小さな女の子が座っていた。少し年下だろう、七歳か八歳くらいの女の子だ。

女の子は伸ばした足で湖面をぱしゃぱしゃと蹴っている。ただ、それだけの光景だ。

ただそれだけの光景に……俺は、息が止まるほど驚いていた。

全身を凍らせて、まばたきすらできず、ただただその女の子に見入った。

例えば灰色の景色が広がっていたとして……例えば灰色の空に覆われた灰色の大地に、灰色の川が流れて灰色の草木が生えていたとして……そこにたった一輪だけ咲いた深紅の花を、美しいと思わないでいられる者はこの世に何人いるだろうか？

人間じゃない……と、一目で分かった。俺は人間を綺麗だとは思わないから……妖でもない……と、それもすぐに分かった。女の子は友忠様ににおいがよく似ていたから……

「あれはわしの孫だ」

お師匠様は囁くように言った。

「あれの母は人間だが、父親は妖怪だ。恐ろしい……本当に恐ろしい妖怪だ。このまま育てばあの子は、妖怪として覚醒してしまうことじゃろう。今のあれは、人でも妖怪でもない……まさに、お前さんと同じ生き物じゃ」

深い声が体の皮膚から毒のように浸み込んでくる。

「のう……お前さん、あれを調伏して、式神にしてくれんか？」

「調伏……？」

放心したように俺は繰り返していた。お師匠様は満足そうに頷いた。

「ああ、お前さんこそがあれを調伏しうる唯一の男じゃと、言うたお方がおられるのだ。お前さんを弟子にしたのはそのためじゃ。どうかわしの孫を、お前さんの式神にしてはくれんか？」

懇願しているようで、奇妙な圧がある。俺は答えられずに黙っている。

この人の頼みを、聞くのは正しいのだろうか？　人の世で、どう振る舞うのが正解なのか、俺はまだ分かっていない。妖の掟なら一から十まで知っているし、言葉や心を通わせることだってできるのに……人のことは何一つ分からない。

黙りこくっている俺に、お師匠様はなおも言った。

「お前さん、あれが欲しくはないか？」

ほしい……とは？　式神として……？

首をかしげた俺に、お師匠様はとどめを刺した。

「あれを調伏してくれるなら、あれをお前さんの嫁にやろう。お前さんを決して一人にはせん、たった一人の同族じゃ。命が尽きるまで共にいられる、家族になるじゃろう。あの子を嫁に……」

「ください」

俺はとっさに言っていた。お師匠様は一瞬驚き、しかしすぐ笑んだ。企みが成功したような笑みだったが、彼が何を考えているかなんてどうでもよかった。

「あの子を嫁に下さい」

俺はもう一度、はっきりと言った。心の臓が、今まで経験したこともないくらいの勢いで鼓動していた。

「ああ、やろう」

お師匠様は鷹揚に頷いた。そしてその瞬間、俺は彼女の許嫁になった。

孫娘の許嫁となった俺に、お師匠様は野狐調伏の術を授けた。

来る日のため……許嫁となった少女、桜子が妖狐の力を覚醒させたその時、彼女を封じることができるように。

九尾の妖狐の血を引く娘を調伏するためには、少しばかり多くの呪符が必要だった。簡単に数字で表すなら、三万三千三百三十三枚の呪符が必要だった。それを俺は、一人で全て書かねばならなかった。

本来なら呪符は日を選び正しい儀式にのっとって書かねばならないものだったが、俺はその全てをすっ飛ばして毎日毎日呪符を書き続けた。そして刀を振るい続けた。陰陽術の修行もし続けた。

頑張ることは嫌いだ。しんどいことは嫌いだ。面倒なことは嫌いだ。だが——力がなければ、彼女を調伏することができない。

この力の全部は……彼女のために存在する。そのために、息をしている。

そうして淡々と準備を進め、一年ほど経った時ふと思った。彼女に会いたい……と。

恋しさ……？　とは、少し違う感情で、俺は不安になっていた。

一年前に見たものを、俺は少し疑っていた。あんな美しい生き物が、本当にいたのだろうか？　もしかしたら、寂しさが見せた幻だったのではないか？　もう一度会ったらあの時の感動は色褪《いろあ》せて、ただの人間にしか見えないのではないか？　あの時強烈に惹かれた気持ちは……本物だったのだろうか？

そう思うといてもたってもいられなくなったが、幸徳井家の一族は京に住んでいて、気軽に会える距離ではない。俺は考え、悩み、自分の力を深く注いだ一体の式神を作った。形は昔友達だった猫又に似せた。感覚を繋げば、式神の目を通して遠くを見ることも声を聞くこともできる。

完成した猫又の式神は、野を駆け山を越え京の都を目指し駆けてゆく。彼女を捜すのだ。幻か本物か確かめるのだ。

幸徳井家の屋敷の場所は話に聞いていた。夕暮れの街を走り、幸徳井家の屋敷へたどり着き、塀に飛び乗って中を覗いた瞬間、俺はその場で身動きできなくなった。

そこに彼女がいた。庭の隅で蹲り、しくしくと泣いている。

一年前より少し大きくなっていて、髪も伸びていた。

そんな彼女が泣いていた。見た瞬間、幻ではなかったのだと思った。一年前と何も変わらず、彼女は何より美しかった。

どうして泣いているのだろう？　何か悲しいことがあったのだろうか？　父も母もいないと聞いている。父さん母さんに会いたくて泣いている自分と、同じなのかもしれない。

慰めてあげたい……と、思ったが、どう声をかければいいのか分からず塀の上で立ち尽くしていると、不意に彼女は顔を上げた。

涙に濡れた目が俺を射貫《いぬ》き、心臓が跳ね上がって落ちそうになった。彼女は零れ落ちそうなほど大きく目を見開いて……突如表情を変えた。

「お前……どこの妖怪だ！　陰陽師の屋敷に忍び込もうなんていい度胸だな！　子供が一人だと思って舐めてるのか！　言っとくけど、私に触ると怪我するよ！」

愛くるしい少女は、鷹のように目を吊り上げて怒鳴った。

俺は、塀から落っこちてしまった。

ああ……夕焼けがきれいだなあ……などと思う俺に、彼女は近づいてきた。

「何よあんた、行き倒れ？　お腹すいてるの？　干物でも食べる？」

傍にしゃがんでちょいちょいとつついてくる。初めて間近で顔を見て、俺はなんだか泣きそうになった。

放心している俺を見て、彼女は屋敷に駆け戻り、煮干しを摑んで戻ってきた。

「食べな」

口に突っ込まれた煮干しを、俺はもぐもぐと咀嚼《そしゃく》する。

ああ……美味いなあ……なんてしみじみと思いながら。

この子は神仏が俺のために用意してくれた、俺のお嫁さんだ。俺は何としてでもこの子を叩きのめして調伏しなければならない。

俺はすっくと立ちあがり、ぶるんぶるんと体を震わせた。

「ありがとな、生き返ったよ」

「もう来るんじゃないよ」

彼女はしっしと追い払うような仕草をした。

俺は再び塀に飛び乗り、別れの挨拶をしようとして——

「……明日もまた来るな」

そう言って、立ち去った。

俺はその言葉通り何年も彼女のもとに通い続け、そして今、ここにいる。

調伏は成功し、彼女は俺の式神になった。

七年かけて書き上げた大量の呪符は、調伏の夜桜子に全て飲ませた。

俺が持っていたものは全部、彼女に使ってしまった。

俺の七年間は全部、彼女に使ってしまった。

そしてこれから先も、彼女に使おうと思っていた。

それなのに……

◇　◇　◇

「何がどうしてこうなった……」

と、友景は牢の中で呟いた。

このままでは、妖怪として退治されてしまう。その前に逃げなければ……しかし、体に入ってきた九尾の毛が、それを邪魔して友景を痛めつけていた。まともに動くこともできない。

「……これは本当にまずいな……」

死ねば、父さんと母さんに会えるだろうか？　根の国で待ってくれているだろうか？　だけど……今はまだ、死ねない。

彼女に……桜子に二度と会えなくなるのは嫌だ。

身動きすると吐き気がした。しかし、本当に処刑されるのなら何としてでも逃げなければ……たとえ、ここを守っている人間を全て……

その先を考えるのはやめた。

その先に潜むのは人にあるまじき残忍な空想だ。そんなことを平気で考えられる自分は、文字通りの人でなしだ。

そしてたぶん、一番問題なのは……自分が、人の領域に留まっていたいとは思っていないことなのだ。

自分がこんな人間だから、九尾の妖狐は娘から引き離そうとしているのだろうか？

妖怪に殺されるなら本望だと……ついつい思いそうになる。

そのたび友景は、まだ死ねないのだと自分に言い聞かせた。

「この式神なら友景の居所をすぐに突き止められる。わしが何とかしてみよう」

真っ赤な顔で褥に蹲る桜子に、おじい様はそう言った。

桜子はそろりと顔を上げる。

くっ……あいつ……式神だと気づかない私を馬鹿にして、ずっと笑ってたのか……出会ってから何年も……

「私が行くわ！」

桜子は立ち上がって言い放った。

「ダメじゃ、桜子。お前まで捕まったら……」

言いかけた友忠の言葉を遮り、桜子は帯を解いた。

「この化け物を、捕まえられる人間なんているものか」

はらり……と、衣が床に落ちる。裸で庭へ駆け出すと同時に、桜子の身は獣へと変じていた。

「桜子！　やめんか、どうする気じゃ！」

叫ぶ友忠を置き去りに、巨大な七尾の妖狐へと変わった桜子は跳躍した。まるで土を踏むかのように風を踏み、空を駆ける。

「桜子！」

友忠が呼ぶが、桜子は止まらなかった。

あいつあいつあいつ！　取り戻したら絶対殴る！

かっかと興奮しながら空をゆく。

以前変じた時とは全く違い、人のままの心を保っている。友景の術が、桜子を式神として縛り付けているのだ。

風にひくひくと鼻を動かし、わずかに方角を変える。猫又の式神などおらずとも、桜子には友景の居場所が分かった。自分もまた、彼の式神なのだから。

彼のにおいをたどって駆けていると、次第に空が白んで夜が明けた。山の端から差す朝日は痛いほどに眩《まばゆ》い。大きく鋭い目を細め、桜子は空を駆け続けた。

そうしてたどり着いた建物を見下ろし、桜子は鼻面にしわを寄せた。

武家屋敷の連なる近衛大路の一角――そこに京都所司代の管轄する侍所がある。中には京の治安を守る侍たちがわんさといるに違いない。

桜子は塀の上にそっと降り立ち、少し考えて決めた。ぶるんと一つ身震いし、大きく息を吸って吠える。

ヴォオオオオオオオオオン！

どうせなら、獣は獣らしく振る舞おう。間違っても、陰陽師家の娘だなどと気づかれないように。

鳴き声を聞きつけ、たちまち侍所の侍たちが駆けつけてくる。塀の上にいる七尾の妖狐を見て、彼らは悲鳴を上げた。

桜子は裂けたような口を開いて、鋭い牙を晒した。

もっと怖がれ。私が危険であることを理解して、誰一人近づくな！　私が触れても壊れない、ただ一人の男を除いて――

慌てふためき叫び惑う人間たちを睥睨《へいげい》していると、

「ウォオオオオオオオオオオウ……！」

侍所の敷地内から、かすかな遠吠えが返ってきた。

そっちか……桜子はぐっと身を屈め、跳躍して侍所の屋根を駆けた。

悲鳴の波がどんどん広がってゆく。その中心を走り、桜子は敷地の外れにある小屋に目を止める。戸に申し訳程度の呪符が張られており、そこから彼のにおいがした。

見つけた……

桜子はその小屋に向かって突進し、思い切り壁に体当たりした。

すさまじい音がして、木の壁に穴が開く。バチバチと呪符から火花が散って、少し毛が焼けた。焼けたところを前足でぽすぽす叩いて毛並みを整え、桜子はにゅっと小屋に顔を突っ込んだ。

み～つけた！

獣の口を、ばくっと開く。

腰を抜かした侍たちが叫ぶ。その向こう……牢の中に、彼がいた。狐のような毛や尻尾が生えていたけれど、すぐに分かった。間違いなく友景だ。彼はぐったりと横たわっていたが、桜子を見るとすぐに起き上がり、信じられないという顔をしてため息をついた。

「お前……ほんとに来てたのか……幻聴かと思った」

かすれた声で呟く。

見つけた！　見つけた！　一緒に帰るよ！

桜子はそう言おうとしたが、巨大な口はその言葉を発してくれなかった。人間の口なら……そう思って口をはくはくさせているうち、目線の高さが変わった。周りのものがどんどん大きくなってゆく。……違う！　私が小さくなってる！

桜子はあっという間に人間の姿へと戻っていた。

「な、何だお前……化け物……！」

腰を抜かした侍がうめき声をあげる。

すると、囚《とら》われていた友景が急に牢から手を出し、鉄の錠前を摑んでおかしな角度にぐっと曲げた。すると——錠前は不吉な音を立ててへし折れ、落ちた。

「……は？　いや、あんた今何やった？」

「鉄だからな」

と彼は言った。鉄だから何だ⁉　鉄だから素手でへし折るって……意味分からないだろ！　私の剛力ならともかく、人間が素手で……

　呆れる桜子の前を通り過ぎ、友景は侍の腰から刀を奪った。その切っ先を侍の顔面に向け――

「何やってるのよ、あんた！」

　桜子は叫びながら友景を突き飛ばした。

「こいつはお前の顔を見た」

「それだけでいきなり殺そうとするんじゃない！　だいいち、こんな暗い場所じゃ顔なんか見えないわよ！」

「うわあああああ！　殺さないでくれ！」

　桜子は叫ぶ侍を見下ろし、彼の腹に思い切り肘鉄を喰らわせた。侍は泡を吹いて昏倒する。

「これでいいわ」

「桜子、お前……酷いな」

「殺そうとした奴が言うんじゃないよ」

「殺すわけないだろ、この人には何の罪もないのに……。俺はただ、目を潰そうとしただけだ」

「いや、あんたの方がよっぽど酷い！」

桜子は彼の襟をつかんで怒鳴り返した。すると友景は桜子の手を振りほどいて目を逸らす。何だと思い、そこで気が付いた。さーっと血の気が引き、続いてみるみる赤くなる。

「ぎゃあああああ！　こっち見るなあああああ！」

裸だった。

「仕方ないからこいつの着物でも着とけ」

友景はこちらを見ないようにしつつ、憐れな侍の着物をはぎ取った。

申し訳ない……この侍は、ただ仕事をしていただけだというのに……桜子は差し出されたそれを素早く着込み地に伏した。

「うう……裸を見られた上に追剝《おいはぎ》まで……お嫁にいけない……」

「いや、だからお前は俺と……」

と、そこで友景は頽れた。地面に蹲り、嫌な汗を全身にかいている。黄金のしっぽがざわざわと揺れている。酷く苦しげな声を獣の口から漏らした。

「桜子……残念な報告なんだが……俺はどうやら……お前のお父様に嫌われたらしい……九尾の妖狐は……俺を殺したいみたいだ……」

桜子はそれを聞いて眉をひそめた。

「だけど俺は……まだ死にたくない……だから……できることを試してみようと思う

……明賢とかいうあの坊主が妖怪を使ってやろうとしてたみたいに……九尾の力を取り込むことができれば……俺は半人半妖として……助かるかも……だから……」

振り絞るような友景の決意を聞き、桜子は彼のしっぽをむんずとつかんだ。

びくん！　と、彼は全身を震わせた。

「お父様……」

桜子はしっぽに向かって話しかけた。桜子を攫った父の尾は、はっきりと意思を持って動いていた。この毛も、意志をもって友景を襲っていた。おそらく父である九尾の妖狐は、己の毛を通して今この光景を見ている。そう感じる。

「お父様、この人は私の夫になる人なの。だからこれ以上この人を傷つけないで。これ以上傷つけるなら……お父様のこと、嫌いになるから」

途端、ざわざわと蠢いていたしっぽが、くたんと萎《しお》れた。その瞬間、桜子は彼のしっぽを引っ張った。ぶちぶちと嫌な音がして、しっぽは彼の尻から引き抜かれる。

「うぐっ……あああああ！」

友景はその痛みに悲鳴を上げた。

ずるり……と、しっぽについた根のような血管のようなものが最後まで引きずり出され、彼はその場に突っ伏した。あっという間に耳も顔も元の人間に戻っている。

引き抜かれたしっぽはたちまち数本の毛になって落ちた。桜子はその毛を拾い、大事に懐へ仕舞った。

「……生きてる？」

「……生きてるよ。お前、いきなり引き抜くって……いや、いいよ。助かった」

その返事を聞き、桜子は胸を撫で下ろした。

するとそこで、小屋の外に人の集まってくる気配がした。足音と話し声が聞こえてくる。ぎくりとして小屋の戸を塞ごうと振り返るが、自分の開けた大穴を目の当たりにして籠城案を一蹴する。

「人が集まってきたわ、逃げるわよ」

「……先にいけ」

「は？　何言ってるの？」

「……ちょっと足が動かねえ」

友景は苦々しげに呟く。

「そんなの、私が運ぶわよ！」

妖狐の姿になれば、人一人運ぶくらい簡単だ。深呼吸し、己の体に流れる獣の血に意識を傾ける。その暴力的な衝動に――

しかし、桜子の体には何の変化も起きなかった。

何で？　どういうこと？　困惑する桜子を見上げ、友景は体を起こした。

「体がまだ慣れてないんだ。そう何度も簡単に変化できるかよ。術者が力を与えれば変化できるかもしれんが……俺ももう式神に与える力がない」

「嘘……」

桜子は頬を引きつらせて呻いた。

「嘘じゃねえ。だからお前一人で逃げろ。一人なら何とかなるだろ？」

その物言いに、桜子は一瞬激しい腹立ちを覚えた。

おじい様といい、こいつといい……どうしてすぐ私を庇おうとするのよ！

「あんたはどうするの？」

「俺はどうにかやり過ごす。死にはしねえよ。お前を道連れにしちまうからな」

「……ダメ。あんた一人置いていけない。一緒に逃げるわよ、私が背負う」

桜子の剛力なら人一人運ぶくらいできるはずだ。逃げることだって……

小屋は大勢の侍に囲まれてしまったが、彼らは警戒してなかなか突入してくる気配がない。今のうちに逃げ出してしまわねば……

「それこそダメだ。人に見られるようなことがあったらまずい。俺が人を引き付けるから、お前はその隙に行け」

「動けない奴が何言ってるのよ！　だったら私があいつら全員蹴散らすから、あんたその隙に逃げな！」

「俺なら刀の一振りもあればどうにでもなる」

と、友景は侍から奪った刀を握り直した。

「あんただって顔を見られたらまずいでしょ」

「適当に布でも巻いて隠せば、まあなんとか……」

「布なんかどこに……」

桜子と友景は小屋の中を見回し、気を失った侍の褌に目を止める。そして横目でお互い視線を交わす。

「言っとくけど、旦那がどこの馬の骨とも知れない男の褌を顔に巻くとか……百年の恋も冷めるからね？」

「じゃあ、お前が巻いて逃げるか？　俺は別にそれでも……」

「死なすぞ……？」

桜子はじろりと友景を睨んだ。

「まあ、褌まで剥いだら可哀想か。この人には何の罪もないわけだしな」

友景は御愁傷様とでもいうように手を合わせた。

桜子は眉を寄せてしばし彼を睨んでいたが、腹を括って小屋の大穴を見た。侍たちは、まだ突入してこない。

「ねえ、顔を見られてもいいわよ。一緒に暴れて突破しよう」

「素性を突き止められたらどうする」

「いいわよ。そうなったら私とあんたとおじい様で逃げましょう。山奥にでも隠れて、困った人間や妖怪を助ける法師陰陽師にでもなればいいわ。山奥なら妖怪もいっぱいいるでしょうし、あんただって楽しいでしょ」

その提案に、友景は目をぱちくりさせた。

「……とんでもないこと考えるな」

「あんたほどじゃないと思うわ」

くくっと笑って、桜子は拳をバキボキ鳴らした。

「さあ、全員ぶっ飛ばして帰ろう」

「そうだな……奴らの記憶が飛ぶまで暴れてやるか」

友景も腹を括ったらしく深呼吸し、刀を構える。

「殺すんじゃないよ」

「努力はする」

そう言い合い、いざ——と小屋から飛び出そうとしたその時、突如雷鳴が轟いた。

晴天に、突如轟く雷鳴——続けざまに侍たちの叫ぶ声が……

桜子と友景は同時に小屋の大穴から外に出た。

小屋を取り囲んでいた侍たちが逃げまどっている。はっとして顔を上げると、上空に稲妻の光る暗雲が垂れ込め、その雲に数えきれないほどの妖怪の群れが乗って侍所へ降りてこようとしていた。

百鬼夜行――！

暗雲に乗った妖怪の群れは、静かに地面へ降り立つ。

侍たちは叫びながら建物の中に避難してしまい、立ち向かう者はいなかった。

「おい！　助けに来たぜ！」

暗雲の先頭に乗っていた妖怪が、ぴょこんと地面に飛び降りた。

「「五郎！」」

桜子と友景は同時にその名を呼ぶ。

河童の五郎が、腰に手を当てて小さな体で仁王立ちしている。

「おっかねえ怨霊がおいらたちを集めて、お前らを助けるよう命令してきたんだ。ほんとおっかねえや。あんな奴に逆らったら調伏されちまう！」

まさか……先生!?　先生が助けをよこしてくれた？

「おぬしらは、あの恐ろしい鬼どもに殺された我らの家族の仇を討ってくれたのであろう？　助けるのは当然のことだ」

「うむ、我々の失われた宝はもう戻らぬ。人とは相いれぬ。だが、救われた宝があるのもまた事実。貴様らは恩人だ」

暗雲に乗っていた妖怪たちが口々に言った。紛れもなく、少し前まで京を荒らしていた妖怪の群れだ。

「ああ！　お嬢様！　ご無事で何より！」

やんやと囃《はや》し立てたのは、桜子にいつも付きまとっている小物妖怪たちである。

何ということだろう……こんなこと、今までに一度だってなかったに違いない。都中の妖怪が、一堂に会しているのだ。

桜子はしばし呆け、突如笑い出した。

「あはっ……あはははは！　馬鹿だね、お前たち。私に近づいたら怪我するって言ったのに、こんなところまできて……本当に馬鹿だ」

「馬鹿じゃないやい！　助けに来てやったんじゃねえか。さっさと乗れよ！」

五郎が短い脚で駆けてくると、桜子と友景の手を摑んで引っ張った。

二人は引かれるまま百鬼に近づき、彼らの乗っている暗雲に乗り込んだ。

「これ……術か？」

「ほんとだ、先生の術だわ」

触れた雲のふわふわとした感触に、陰陽術の気配を感じる。

暗雲は全員を乗せると再び空へと浮かんでいった。

怯えて隠れてしまった人間たちは、誰一人として出てこなかった。

雲は高く高く上ってゆき、紫がかった空を飛んで行く。その上に、数えきれないほどの妖怪たちが乗っているのだ。

「あはは！　お前一人助けるために、都中の妖怪が集まってきたんだわ」

桜子は愉快になって笑ってしまった。

「なあ、桜子」

胡坐をかいていた友景が、そこで不意に呼んだ。

「あれ、どこまで本気だった？」

「あれって何よ」

桜子は怪訝な顔で首を捻る。説明を端折《はしょ》るな。

「素性を突き止められたら山奥へ逃げればいいって言ったろ」

「ああ、あれ……もちろん全部本気だったけど？」

「お前は幸徳井家を再興したいんじゃなかったのか？」

「そりゃしたいわよ、大事な家だからね。だけど……おじい様とあんたがいればそれでいいわ。家より家族が大事なの」

すると、友景は鳩《はと》が豆鉄砲を喰らったような顔でぽかんとした。

「何よ、私変なこと言った？」

「……誰かに家族扱いされるの……父さんと母さんが死んで以来だ」

「……だってあんた、私の家族でしょ。結婚して、夫婦になって、ずっと一緒にいるんでしょ、家族でしょ」

言葉を重ねるうち、だんだん恥ずかしくなった。夫婦になって一緒にいるということを具体的に想像すると、なんだかすごく……恥ずかしい。

「手、繋ごう」

以前波山に乗った時も、同じことを言ったなと思い出す。

怒ったような赤い顔で差し出された手を、友景は一瞬ためらって握り返した。桜子はその手を強く握り、ぐっと顔を近づけた。

「あのさ、景……一発殴らせて」

「……ん？」

友景は怪訝そうに眉をひそめた。だけど、もちろん桜子は引かない。どうしても許せないことというのがこの世にはあるのだ。

「あんた、私のこと騙してたでしょ！」

羞恥を超えた怒りに頬を紅潮させて、桜子は詰め寄った。

「妖怪の振りして、ず――――っと私につきまとってたでしょ！」

なのに初対面の振りをして、私を馬鹿にしていたんだ！　だから何度も馬鹿とか鈍感とか……

　怒りにぎりぎりと手を握りつぶさんばかりに握るが、友景は責められても焦ったり困ったりしなかった。彼は桜子の手を握ったまま、突如ぱっと表情を輝かせたのである。それは初めて見る表情だった。

「やっと分かったのか！」

　簡単に言えば、彼は嬉しそうな顔をしていた。目尻を下げ、にこーっと嬉しそうに笑っているのである。

「な、何で嬉しそうなのよ」

「だって俺がお前の傍にいたこと、分かってくれたんだろ？」

　まさかこいつ、それを分かってほしくて馬鹿とか鈍感とか言い続けてたのか？

「……変なの。だいたいあんた、何で妖怪の振りなんかしてたの？　あんたも私のこと見張ってたの？」

　すると友景は真顔になった。そしてみるみるうちに不愉快そうな顔になり、地獄まで届くほど深いため息をついた。

「お前やっぱり……分かってねえ……こんな分かりきったこと聞いてくるなんて、馬鹿だ馬鹿だと最初から思ってたけどよ……」

「な、何よ。何で怒ってるのよ」

「馬鹿で鈍感なお前に気付いてほしいと思ってた俺が馬鹿だったよ。あのなあ、俺がお前にずっとつきまとってたのは——ただの一目惚れだ！」

彼は大声で言った。桜子は口も目も大きく開いて固まった。顔色はゆでだこだ。

ひ、一目惚れ……一目惚れって……！

全く動かなくなった桜子を見つめ、友景は不意に視線を落とした。

「ごめんな……好きになって……。俺なんかが相手でごめんな」

突然の弱気に、桜子は狼狽える。

「な、なんで謝るのよ……」

「俺がお前を好きなのは、お前が妖怪の血を引いてるからだ。お前がただの人間だったら……俺はお前に爪の先ほども興味を持たなかったよ。俺はお前に、その血以外の価値を何一つ見出《みいだ》してないような男なんだよ。そんな奴が相手でごめんな」

桜子は啞然とした。

「あんた……私がそんな男は嫌だって言ったら、結婚するの諦めるの？」

「それはないな。絶対にない。だから……ごめんな」

こいつ……ごめんとか言いながら、後悔も反省もしてないじゃないか！

「景、あんたって……最低だね」

「うん、知ってる」

「最低最悪。怠け者だし、無神経だし、結婚相手としてありえない！」

「ああ、分かってる」

「でも……あんた以外の男はこの世にいないと思う」

以上の——ではなく、以外の——だ。桜子の世界に、彼以外の男はきっといない。

「だから……私のこと一生大事にしてよね！　私のこと、す……好きなんでしょ？」

そう言ったよね？　聞き間違いじゃないわよね？

真っ赤な顔で睨みつけると、友景は珍しく笑った。

「いいのかよ。俺、お前のこと化け物としか見てねえのに」

「私が化け物だなんて、私が一番よく知ってるし。私は怖くて危険な生き物だから、あんた以外の男が近づいたら怪我するのよ！」

「ははは！　お前はほんとに……可愛いね」

友景はそう言ってまた笑った。

そこで暗雲は幸徳井家の屋敷にたどり着く。

庭園に、友忠が厳めしい顔で仁王立ちしているのが見えた。桜子は花のように顔を輝かせ、思い切り手を伸ばした。

「ただいま！」

終章

それから数日経ったある日のこと、友景は一人で京の町を歩いていた。

向かうのは以前も訪れた三条の一角。ずらりと並ぶ家々の一軒に着くと、木戸を叩いた。

返事はない。それでも中から気配がするので、友景は戸を開けた。

「お邪魔します」

声をかけると、部屋の奥から美しい女が出てくる。紅――と呼ばれる易者。桜子の友人でもある女だ。

「なんだ、あんたかい。いったい何の用なのさ」

彼女は友景の後ろを見て、桜子がいないと分かるとあからさまにがっかりした顔をした。そんな顔も美しいなと友景は見惚れた。

「少し話をしたいなと思いまして」

友景は土間に草履を脱ぎ捨てると、勝手に部屋へ上がり込んで座った。

「取り込み中でしたか？」

友景は部屋の奥に目をやる。眠る男の上半身がちらと見える。以前この家で一度見かけた男だ。

「……話ってのは？　桜子さんのことかい？」

「いや……まあ、そうですね」

うっかり歯切れの悪い返答になってしまう。これは不快感を与えるかなと心配になった。案の定、紅は柳眉をひそめた。

「はっきりしない男は嫌いだよ」

「はあ……そうですか。だから俺を、殺そうとしたんですか？」

「……何の話さ」

「あなたが男を喰うのは意外でした。その男は美味かったですか？　お義父《とう》様？」

お義父様――そう呼びかけた途端、紅は極限まで目を見開いた。

そして次の瞬間、友景は床に押し倒され、彼女の細く白い腕で首を絞められていた。

片手で押さえているとはとても思えぬ剛力に、息が詰まる。

「……何で分かった？」

「ぐ……あなたの変化は完璧ですよ。どこからどう見ても人間だ。誰もあなたの正体には気づいてないでしょうね。だけど……俺は分かるんですよ。俺は……妖怪より妖怪を知ってるから……」

苦しげに笑ってみせると、紅の手がかすかに緩む。

「一目見た時から分かってました。あなたが桜子の捜してたお父様だ。白面金毛九尾の妖狐」

「貴様……何者だ？」

「……ただの人間です。俺を喰いますか？　そこの男みたいに」

友景はちらと横に目を向ける。充満する血の臭い……見えずとも分かる。奥で眠る男は……もう喰われている。きっとこの家で、何人もの男が喰われたのだろう。この家は、いつも血の臭いがする。人喰い妖怪を酔わせる血の臭いだ。

「食事の邪魔をしてすみません」

謝ると、紅——九尾の妖狐は渋い顔になった。

「貴様は本当に何なのだ？」

「ただの人間だと言っています。あなたの娘に懸想した、悪い虫です」

その瞬間、空気が変わった。ざわざわと、何かが足元から這い上がってくるような感覚がある。

「注連縄の封印が切れたあの尾は、あなたのもとに戻りましたか？」

だとしたら、今の九尾の妖狐は二尾ということになる。

「……貴様のおかげだな」

その言葉と同時に、黄金の巨大な尾が彼女の──いや、彼の尻から二本生えてきた。

それはあの屋敷で見た時より遥かに眩く、美しく、眩暈がするほどだった。

「力を取り戻してどうするつもりですか？　桜子を……どうするつもりですか？」

「……貴様が桜子さんの名を呼ぶな」

妖狐は怒りに満ちた目で、友景の首を締めあげてくる。

桜子さん……その呼び方が変わらないのが少し可笑しかった。

「あれは俺の娘だ。俺の餌だ。触るな」

「餌……？」

餌というのは……食べるために手に入れようとしていたということか？　もしや、尾を失って弱った力を回復させるための、餌？

「……だから邪魔な俺を殺そうとしたんですか？」

「貴様には渡さん。あれは俺のものだ。俺が一人にならぬようにと……寂しくないようにと……腹を空かせないようにと……雪子さんが産んでくれた俺の娘だ！　妖怪として覚醒すれば共に生きてゆける。こんな下らぬ人の世に縛られる必要はない！」

「あなたは……あなたも、桜子が可愛いんですね」

彼女の言葉を思い出した。お父様は私が可愛いはずだと、彼女は何度も言ったのだ。

それは真実だった。

「だから妖怪として覚醒させようと……何度も呼んでた」

初めて覚醒したあの夜、桜子は何かに呼ばれていた。そうして妖狐へと変化した。

あのとき呼んだのは彼だったのだ。この妖狐は、娘を妖怪にしようとしている。

「お義父様……」

「ふざけた呼び方をするな、喰うぞ」

「……人喰い妖怪は女を好んで食うものかと思っていました。勝手な想像ですが」

「俺は男しか喰わん。女の肉は柔すぎて不味《まず》い」

「へえ……話が逸れました。ええと……娘さんを俺に下さい」

まったく唐突なその懇願に、妖狐は友景を押さえ込んだまま固まった。

「……本当に喰われたいようだな」

「許してはいただけませんか？」

「喰うぞ」

美しい女の顔で、彼は牙を剝いた。口を吸うかのような仕草で、その顔が下りてくる。このまま喰われてもいいかもな……そう思わせるくらい彼は美しかった。人の顔を好ましいとは思わないし、人の美醜は分からない。しかし友景の目に、彼は人間に見えてはいなかった。出会った当初から、友景には彼が比類なく美しい妖怪に見えているのだ。

「すみません、あなたに喰われてやることはできない。俺が死んだら桜子も死んでしまう」

「貴様の術ごと喰らってやる。桜子さんを人の世に縛りつける一切のものは排除する。まずは貴様だ」

「それは困ります。ア・ビラ・ウン・ケン」

淡々と真言を唱える。その瞬間、空気が震えた。

「この童を喰ってはなりませんよ」

清浄を極めた声が家の中に響き、それと同時に妖狐の体は部屋の端へと吹き飛ばされた。

目の前に、すさまじい神気を宿した二柱の神が降臨している。人を生み出したと言われる女神、女媧。そしてその女神と下半身を絡み合わせた番《つがい》の男神、伏羲。

女媧は九尾の妖狐を優しい眼差しで睥睨した。

「こんなところにいたのですか……ずいぶん捜したのですよ？　妾の可愛い妲己《だっき》」

「……貴様ら……何でここにいる……！」

「天竺から逃げてきたそなたを、慈しんで育てたのは誰だと思ってるのですか？　そなたも妾を慕ってくれていたではありませんか。妾に無礼を働いた殷《いん》の王を喰らったこと、忘れたのですか？」

妲己という名の妖狐が女神女媧の命令で殷の紂王《ちゅうおう》を誑かし、殷王朝を滅ぼしたのは有名な伝説である。その伝説の登場人物が、小さな家の中で向かい合っているというのは奇妙な現実だった。

壁際に吹き飛ばされた妖狐はしばし女媧を睨み返していたが、不意に笑った。

「その刺青は何だ？　まるで罪人の証だな。俺がつけた傷を隠してるのか？」

妖狐は己の頬を指さした。女媧はたちまち表情を変えた。柔らかく神聖な微笑みが消え去り、見ているだけで目が潰れるほど冷たいものになる。

女媧の頬には美しい刺青がある。しかしよく見てみると、その刺青の下には傷痕のようなものがあった。

「……素直に謝るのなら、今の無礼を許しましょう」

「いつまでも飼い主の顔をするのはやめろ。俺はもう、貴様らに飼われることには飽きた。貴様らのもとにいても俺の空腹はおさまらない。この世に生じた時からいつもずっと飢えていた。貴様らに飼われてからも、この島国へ来てからも、俺はずっと飢えている。今もずっとだ。どれだけの人間を喰っても、俺の空腹はおさまらない。ずっと飢え続けている」

「妲己……」

「その名で呼ぶな。とっくに捨てた」

「そなた、妾たちの怒りを買いたいのですか？」

「だったらどうする？　あの時みたいにまた俺を斬るか？　安倍晴明に力を貸して、俺の尾を斬り落とさせた時みたいに」

「そうして欲しいのか？　我の可愛い妲己よ」

伏羲が荘厳な声で問いかけた。

「我の教えた八卦と陰陽術で人の世に潜んできた、か弱く愛しい我の狐よ。そなたを生かしておいたことは誤りであった。我はそなたの師として、そなたを葬るべきであった。哀れで可愛い我の狐よ」

「ははは……貴様の方こそ喰われたいのか、愚鈍な古き神め。いつまでも貴様らが世の理を支配していると思うな！」

妖狐は立ち上がった。その喉から怪しげな唸り声が聞こえる。

死ぬ……と、友景は思った。この妖狐は……ほとんどの尾を失ったこの妖狐は、ここで死ぬ。神は彼を許さない。神とは……そういうものだ。

「女媧様、伏羲様、お待ちくださ……」

友景がとりなそうとしたその時、家の戸が乱暴に叩かれた。

「姐さん、いる!?　ここにうちの馬鹿が来てない!?」

「え、桜子……？」
友景も、妖狐も、神々も、同時に驚いて玄関の方を向く。
続けて友景は妖狐の方を見た。美しい女の姿をしている彼は、かすかに目を細めて
この世で最も愛おしいものを想うような顔をした。
友景はその顔を知っていた。父さんと母さんが、昔向けてくれた顔だ。
「……俺の腹を満たしてくれるのは、あの子だけだ」
よろり……と、体を傾がせる。
「必ず迎えに来る。貴様らの手から奪い返してやる。残り七本の尾を取り戻し、桜子
さんを迎えに来る。貴様らを……皆殺しにしてでもな……」
呟くように言い、妖狐は着物を脱ぎ捨てた。
一瞬にして巨大な獣へと変じ、家の二階と屋根を一気に突き破る。
「空腹を満たすためなら、俺は日ノ本中の人間を喰らうぞ。それを防ぎたいなら、桜
子さんを渡せ。小僧……俺が迎えに来るまで決してあの子に触れるなよ」
最後にそう言い、妖狐は壊れた屋根から逃げ去った。瞬く間に小さくなり、空の
彼方《かなた》へ消えてしまう。
「ちょっと！　何の音!?」
破砕音に驚いた桜子が家の戸を開けた。ぐちゃぐちゃに壊れた家の中を見て、唖然

とする。

神々はもう姿を消していて、残っているのは友景一人だ。

「……彼女は留守みたいだぞ」

友景は適当に誤魔化した。

「いや……いやいやいや！　何で家！　壊れてるのよ！」

「……竜巻が……」

目を逸らしながら更に誤魔化す。

「そんなわけあるか！　あんたが何かしたんでしょ」

「何もしてねえ」

「本当に？」

じっと目を見つめられ、友景はまたふいっと目を逸らした。

「やっぱり何かしたね！」

大きな目が友景を追い詰める。

ああ……可愛い。

人間の造作を美しいとは思わないが、友景には彼女の姿がまぎれもない化け物に見えている。こんな愛らしいものは他にいない。

「桜子」

「何よ、何したの？　白状する気になった？」

「ちょっとお前に触ってもいいか？」

「………は!?」

桜子は一瞬で顔から火を出した。とても可愛い。

「な、な、何言ってるのよ!!」

そんなに恥ずかしがられると、こっちも恥ずかしいことを言ったような気がしてしまうではないか。

恥ずかしいことではないはずだ。ただ……お義父様の怒りを買うことではあるかもしれない。触るなと、言われたばかりなのだから。

「嫌か？」

聞くと、桜子は口元に拳を当てて唸りながら少し考え、

「別に嫌じゃないわよ」

と言った。可愛い。

「じゃあちょっと手を借りるな」

友景は桜子の手を取り、人差し指をがじっと噛んだ。

「え、痛い、何？」

桜子は目を白黒させる。

「……何でもねえ」

友景は一瞬説明しようと思ったが……やめた。勝手なことをするなと怒られるのも面倒だ。面倒なことは嫌いだ。これは、自分だけ分かっていればいい。

昔……父さんから教えてもらったことがある。番の相手を見つけたらこうするんだよ……と。

「じゃあ、帰るか」

そう言って、友景は桜子の手を引っ張った。

「いや、家が壊れてるってば！」

「気のせいだ」

「気のせいなわけあるか！」

桜子は怒鳴ったが、手を振り払おうとはしなかった。

可愛い可愛い俺のお嫁さん……取り戻しに来ると言った妖狐の言葉を思い出す。

「桜子、俺はお前のお父様がお前を取り戻しに来ても、絶対に渡さないからな」

怒っているのか照れているのか、真っ赤な顔をしている桜子の手を握ったまま、友景はどこかへ消えてしまった美しい妖狐に宣戦布告してのけた。

これより一年後、関ヶ原において天下分け目の大戦が起こる。

それにより、日ノ本の新たな所有者が誕生することとなった。

排斥された陰陽師も無事に都へと戻され、陰陽寮は復活する。

そしてその数年後——幸徳井友景は、土御門と勘解由小路以外の家から初めて輩出された陰陽頭として、歴史にその名を刻む。

―――本書のプロフィール―――

本書は書き下ろしです。

小学館文庫

あやかし姫《ひめ》の良縁《りょうえん》

著者　宮野美嘉《みやのみか》

二〇二二年五月十一日　初版第一刷発行

発行人　石川和男
発行所　株式会社　小学館
〒一〇一-八〇〇一
東京都千代田区一ツ橋二-三-一
電話　編集〇三-三二三〇-五六一六
販売〇三-五二八一-三五五五
印刷所――――図書印刷株式会社

この文庫の詳しい内容はインターネットで24時間ご覧になれます。
小学館公式ホームページ　http://www.shogakukan.co.jp

ISBN978-4-09-407143-6

陰陽師と無慈悲なあやかし

中村ふみ

イラスト　睦月ムンク

陰陽寮の新米役人・大江春実の夢は、
立派な陰陽師になること。
自分の式神がほしくなり召喚したところ、
美形のあやかし・雪羽が現れるが……。
相性最悪コンビ誕生、平安なぞときファンタジー！

こっこ屋のお狐さま

後藤リウ

イラスト　松本テマリ

就活に失敗して、只今絶賛無職中の白石倭香、23歳。
ある日、祖父の遺品整理にやってきた便利屋「こっこ屋」の、
社長・黒木の秘密を知ってしまった倭香は、
口止めがわりに「こっこ屋」で働くことに！
あやかし事務所に就職した倭香の勤務状況は!?

えんま様の忙しい49日間

霜月りつ

イラスト　スオウ

古アパートに引っ越してきた青年・大央炎真の正体は、
休暇のため現世にやってきた地獄の大王閻魔様。
癒しのバカンスのはずが、ついうっかり
成仏できずにさまよう霊を裁いてしまい……。
にぎやかに繰り広げられる地獄行き事件解決録！